辻堂さんの純愛ロード

LOVE
辻堂愛
【つじどう あい】

辻堂さんの純愛ロード

原作／みなとカーニバル
御門 智

一迅社文庫

挿絵●カグユヅ

デザイン●渡辺宏一 (2725 Inc.)

CONTENTS

本書はPCゲーム『辻堂さんの純愛ロード』を原作として、
作者独自のアイデアを加え小説化したものですが、
作品の公式見解を示すものではありません。
あらかじめご了承のうえお楽しみください。

おもな登場人物

辻堂　愛（つじどう　あい）
地元では有名な不良少女。異名は「喧嘩狼」。喧嘩が強く恐怖の対象とされている「湘南三大天」の一人。親が「稲村チェーン」と言われる伝説の鎖使いのレディースであったように、本人も硬派で売っている不良。喧嘩が非常に強く、風格がある。そのため不良仲間などからはよく挨拶され、番長のポジションに。

片瀬　恋奈（かたせ　れんな）
湘南のチーム「江乃死魔」のリーダー。三大天。異名は「血まみれ恋奈」（主に自分の血）。学園は隣の七里学園。愛やマキをライバル視しているが、いつもやられている不憫な子。ボコられてもすぐに復帰するあたり回復力・耐久力は自他共に認める圧倒的性能。親が地元の有力者ということもあり莫大な権力を持っており人が集まるため、多くの兵隊を束ねる。

腰越　マキ（こしごえ　まき）
愛最大のライバル。三大天の一人で異名は「皆殺しのマキ」。一匹狼として行動している。気に入らないから暴れるといった行動で、周囲からは目を絶対合わせるなと恐れられている。自分の感情に素直で、動物的に行動しているだけだが、その破壊の跡はもはや自然災害である。最近大きくなりすぎた自分の胸を持てあましている。

長谷　大（はせ　ひろし）
主人公。小さい頃は近所の寺に精神の修行に出され、また姉の理不尽に耐えているため、たいていのことに寛容。明るいが真面目であり誠実な人物として周囲からは愛されている。姉と２人暮らし。家事、その他ひととおりこなせる。そのできた心のせいか、体質か「ヤンキーにもてる」というスキル持ちのため、三大天全員から目をつけられる。

長谷　冴子（はせ　さえこ）
主人公のいばりんぼの姉。こんなのに幼い頃から調教されていれば、ヤンキーと付き合うぐらい、簡単である。稲村学園ＯＧにして稲村学園教師になりたて。家事を弟に任せており、奴隷化しているがその分、弟を偏愛しており、彼女ができると妬いてくる。学校では、仮面をかぶっており優秀な新任教師となっているが家では暴君。

辻堂　真琴（つじどう　まこと）
愛の母親。「稲村チェーン」「メッチャクチャの真琴」など数々の異名をもつ、伝説的なヤンキー。聞いているだけでも恐ろしい武勇伝は数知れず。そのアナーキーな魂は愛へと受け継がれている。愛の鎖も、母親のもの。ヒトメボレして告白してきた一般人の夫に徐々にほだされ若くして結婚する。今も怒ると鬼。愛車は真紅の400。

北条　歩（ほうじょう　あゆみ）
愛達のクラスの委員長。真面目で、面倒事を引き受ける性格のために進んでクラス委員長になり雑事をこなしている。家事など全てこなすいわゆる奥さんに欲しい子。だが老成してしまっており「なんかお母さんみたいだよね」「精神的にふけてるよね」とか言われる。結構グサッときているが、見るテレビはメロドラマより健康番組だったりする。

板東　太郎（ばんどう　たろう）
大の友達。成績は常に１番でイケメンでスポーツ万能で、と欠点が見当たらないが、高い能力をナチュラルに鼻にかけているため、友達はほとんどいない。上手くやれるのは大くらい。ただクラスでも浮いた存在ではあれ、正統派美男子なうえ能力の高さはみんなの認めるところで嫌われているわけではない。不良はあまり好きではない。

葛西　久美子（かさい　くみこ）
稲村学園の１年生を取りしきる不良。愛の強さに心酔しており、いつも元気の良い挨拶をしてくる。最凶校稲村をシメようと入学してきて、愛にフルボッコにされ屈服した。愛の威光を借りて「辻堂軍団」を組織、最凶校稲村を束ねるなど、組織力は大したものだが、頭に血が上りやすくて優れているとは言いかねる。不良らしい不良。

一条　宝冠（いちじょう　てぃあら）
「江乃死魔」の特攻隊長。通称を「七里の怪物」恋奈の右腕として主にケンカを請け負う。怪物と呼ばれた自分を受け入れてくれた恋奈の度量にほれ込み、（恋奈自身に自覚はない）江乃死魔内の誰よりも忠誠を誓っている。ゴツイ外見通りのパワー系女子で、大抵の連中はタックルでカタがつく。戦力としては湘南トップクラス。

田中　花子（たなか　はなこ）
恋奈の幼なじみで、江乃死魔立ち上げ時の最古参メンバー。恋奈に対しては忠誠というより友情で追従している。チームの役に立ったことは一度もないが、恋奈の露骨なひいきと、「ハナさんならいいか」という周りの空気で江乃死魔ナンバー２を名乗っている。なお、本人は本気で自分が２番目にすごいと思っている。

乾　梓（いぬい　あずさ）
江乃死魔中心メンバーの１人。ギャルっぽいノリと外見だが、常識はあるため、おバカ揃いの江乃死魔では恋奈から頼りにされている。天性のずば抜けた運動神経を持ち、湘南全体でもトップクラスの俊足で、ケンカも充分に強いが、人を痛めつけるのは好きでも自分が痛いのはイヤという「へたれＳ」。

城宮　楓（しろみや　かえで）
現在稲村学園にいる保険医。学園内でケンカが起こった場合、ケガをした者はみんな彼女のもとへ連れて来られる。そしてそこでケンカより恐ろしい思いをする。冴子とは飲み友達で、よく愚痴られて迷惑している。サボりに寛容で、授業をさぼってベッドでイチャつくカップルも普通に認めてくれたりする。

良子（りょうこ）
現行、湘南最強のチームと言われる「湘南ＢＡＢＹ」のリーダー。「総災天のおリョウ」の名は神奈川全域に知れ渡るほどで、強さ、殺気、残忍さ、冷静さ、品格。どれをとっても湘南最高の不良と呼ぶにふさわしい。反面、私生活は一切謎に包まれており、良子という名前が本名なのかすら不明。マキとは同学年なこともあって知り合い。

武孝田　よい子（むこうだ　よいこ）
長谷家の近所にある惣菜店「孝行」の看板娘。温厚でできた娘さんだと近所でも評判。長谷姉弟とは昔から仲の良い幼なじみで、大にとってはもう１人の姉のような存在でもある。不良を嫌っているらしく、不良と縁を持ってしまう大をたしなめることも。だがなぜか不良界の情勢に詳しい。

6

よからぬ若者の集《つど》う町——湘南《しょうなん》。
ヤンキーの聖地とされるこの街《まち》で

俺——長谷《はせ》大《ひろし》と

最強のヤンキー
——辻堂愛《つじどうあい》は、恋に落ち。

晴れて恋人となった。

8月の出来事である。

けれど古人曰《いわ》く、
湘南の夏が平穏《へいおん》に過ぎたことはない。
それは恋においても同じだった。

第1話

「辻堂さんのお料理ロード」

「オラオラオラオラオラァッ！」

衝撃《しょうげき》は大地を揺《ゆ》らすほどだった。

「中身全部ぶちまけたらぁ！」

気合の声は天空まで響《ひび》き渡る。

黒曜石《こくようせき》のような深い輝《かがや》きを帯《お》びた瞳《ひとみ》はまっすぐにソレを見下ろし、艶《つや》のある唇《くちびる》は雄々《おお》しく開かれて怒声を発している。

「セイヤッ！　オラァッ！　さっさと沈みやがれっ！」

彼女の名は、辻堂愛。

『湘南最凶校』こと稲村《いなむら》学園の番長。

湘南三大天のひとりであり、喧嘩《けんか》だけなら湘南の何者もかなわないとまでされる不倒不敗の喧嘩狼《おおかみ》。

「くっくっく……ずいぶんてこずらせてくれたじゃねぇか。だが……」

数多くの伝説を持つ彼女が、今、渾身《こんしん》の力でソレらを料理する。

「こいつで……終わりだっ！」

けれど新たな対戦相手は、彼女にとっても一筋縄《ひとすじなわ》ではいかない難敵《なんてき》であったらしい。

「なっ⁉　バカな⁉　こんなことになるなんて聞いてねぇぞ⁉」

ありていに言えば、彼女は苦戦していた。

喧嘩最強。湘南最強。

すなわち、日本最強ともいえるヤンキーである彼女が──。

「ちくしょう……ちくしょう……」

「チクショオオォォオオォォォォォォォォォォオオオッッッッッ!!」

敗北した瞬間《しゅんかん》であった。


と、同時にキッチンは爆音《ばくおん》とともに黒煙《こくえん》を噴《ふ》き上げる。

心情描写でもなんでもなく、キッチンから漏《も》れ出した黒い煙《けむり》を見て、俺──長谷大は慌《あわ》てて愛さんの元へと走り寄った。

「愛さん、鍋《なべ》から煙出てる！」

「チクショウ……家《うち》じゃうまくいったのに……！」

「とにかく火を止めて。火事になっちゃうよ」

「うぅ……ごめん、大」

ともあれ、火を止め、換気扇《かんきせん》を回して、最悪の状態《じょうたい》を回避《かいひ》。

ほっと一息つくと、愛さんが悲しい顔でこちらを見ていた。

「誰にだって失敗はありますから」

「失敗じゃねぇよ……大失敗だ」

新しい料理を覚えたから、と愛さんが家にやってきたのが、お昼過ぎのことだった。

自信満々でやってきたし、姉さんも遅くまで帰ってこないってことだったから、夕飯をお願いすることになったんだけど。

「うぅ～。大失敗って、大が失敗したみたいでイヤだ～」

「愛さん、気をたしかに」

そして今――その愛さんは大いに嘆《なげ》いていた。

「ちくしょう。絶対に成功するはずだったのに……」

悲しみは徐々に怒りに変換《へんかん》されてきたらしい。

への字に垂れ下がっていた美しい眉《まゆ》が吊《つ》り上がっていき、歯が噛《か》みしめられて口角《こうかく》が上がっていく。

やばい。

俺の前だとかわいらしいから忘れられがちだけど、彼女は無双の喧嘩狼。

衝動《しょうどう》に任せているうちに、なにか壊《こわ》さないとは限らない。

家とか。

「そ、そうだ。玉子サンド作ってよ。愛さんの得意料理」

得意料理というか、今のところ、シラス丼《どん》と玉子焼き以外で唯一成功する料理、といってもいい。

「玉子サンド？　また玉子サンドでいいのか？」

「うん。あれが一番、愛さんの料理って感じがするし」

「……わかった。だけど、進歩しないな、アタシの料理……」

別のことを考えさせることができたおかげか、愛さんの怒りは収まったようだった。

けれど愛さんの思考は、またも自罰《じばつ》的な方向に行ってしまう。

「また今度、挑戦してくれればいいよ」

「……うん」

それにしてもひどい落ちこみようだ。

最近の愛さんは料理の腕前《うでまえ》を上げることにご執心《しゅうしん》らしく、今日、家に来てくれたのも新しい料理を覚えたからだと言っていた。

だったら、今回はよっぽど自信があったんだろうか。

「大丈夫だって。玉子サンドができるんだから、ほかの料理もできるはずだよ」

「玉子サンドなんて、オムレツをパンに挟《はさ》んだだけじゃん」

「でも、最近は違うパターンもできるようになったじゃない」

「あれだって大の言うとおりに、茹《ゆ》で卵《たまご》とマヨネーズをぐちゃぐちゃに掻《か》き混ぜてパンに載《の》せただけじゃん。しかも卵が半ナマだったし」

「でも見た目は売り物っぽい玉子サンドになったでしょ」

「そうだけど」

といったところで、愛さんがハッとした。

「そうか。アタシはぐちゃぐちゃにする方法でしか料理がつくれなかったのか……」

なにかに気づいてしまったらしい。

そういえばお母さん直伝の生シラス丼も、そんなふうに作るんだっけ。

「自分の血が憎《にく》い……」

先祖を恨み始めた。

「き、きっと辻堂一族にも料理上手な人がいたはずだよ」

「じゃあ、きっとアタシと母さんだけがへたっぴなんだ」

ダメだ。負け犬の思考になってる。

料理が作れないからって落ちこむ辻堂さんの姿なんて、誰が想像できるだろう。

そこに天下の喧嘩狼の面影《おもかげ》はない。

ただ、それも自分だけには甘えて弱さを見せてくれているんだと思うと、愛さんにはもうし
わけないけど少し嬉《うれ》しくなってしまう。

「料理は俺がやるから、愛さんは無理しなくていいよ」

「いや！　そうはいくか！」

「あれ？」

さっきまで落ちこんでいたというのに、いつの間にか辻堂さんの背中には闘気《とうき》が宿《やど》っている。

まるで喧嘩に赴《おもむ》くときのような、なにをも寄せつけないような鋭《するど》い気配。

炎《ほのお》のような熱い意志。

背中に木《こ》の葉《は》が落ちたら、発火して燃え尽きてしまうんじゃないかと思うほどのやる気が体全体から伝わってくるようだった。

「待ってろ、大！」

「は、はい！」

「すぐに料理上手になって、満腹中枢《ちゆうすう》ぶっ壊してやるからな！」

「やめてください。死んでしまいます」

愛さんはすっかり自分の世界に突入していた。

俺の声なんてもう届いていない。

「女子力アップだ、コラァァァァッツ！」

拳《こぶし》を握《にぎ》り、愛さんは高らかに宣言する。

『湘南最凶校』こと稲村学園の番長。

湘南三大天のひとりであり、喧嘩だけなら湘南の何者もかなわないとまで言われる不倒不敗の喧嘩狼。

そんな雄々しくも美しい彼女こそ——俺の初めての彼女なのだった。

☆　☆　☆

「というわけで大失敗しちまったんだ」

「大失敗っていうと、長谷くんが失敗したみたいですよね」

「それは昨日《きのう》アタシが言った」

「そうですか……」

私、北条《ほうじょう》歩《あゆみ》は屋上に呼び出されるなり、辻堂さんにそんな報告を受けてしまったわけですが。

「なあ、委員長。アタシどうしたらいいんだ？」

いつも見せている強気な表情はどこにもありません。

辻堂さんも普通の恋する女の子なんだなぁと思うと、親しみを感じてなんだか笑いがこみ上げてきてしまいました。

「ふふっ」

「わ、笑うなよ、委員長。アタシはこれでも真剣なんだぞ」

「いえいえ。すみません」

こほんと咳払《せきばら》いして、私は眼鏡《めがね》のフレームをついと持ち上げます。

辻堂さんはクラスメイトで、一年前くらいから仲よくさせてもらっているお友達です。

だったら、相談くらい乗らなくてどうします。

「大丈夫ですよ。そんなにがんばっているなら、いつかうまくなります」

「いつかっていつのことだよ……。だいたい母さんからして、料理の腕はたいしたことねぇんだぞ？　アタシの不器用は親譲《ゆず》り、いや、きっと先祖代々の呪《のろ》いかなんかなんだよ」

たぶん、ご先祖様がネコかイヌかキツネかタヌキをいじめたんだと続ける辻堂さん。

呪いというわりに発想がファンシーで、またちょっと笑ってしまいました。

「そんなに落ちこまないでください。辻堂さんの場合、能力的な問題というより、性格的な問題です。今の、ちょっと大雑把《おおざっぱ》な性格をどうにかできれば、なんとかなりますから」

「それ、よけいに根が深いじゃん。そんな簡単に性格が変えられたら苦労しねぇって」

「味覚が人と違うよりはマシですよ。ほら、がんばりましょう、辻堂さん。だって辻堂さんは、長谷くんに美味《おい》しいものを食べてもらいたいんですよね？」

「……うん」

「だったら諦《あきら》めずに、もうちょっとだけやってみましょうよ」

「うぅ……がんばる」

かわいい。

おせっかいを焼きたくて仕方なくなるスイッチが、うずうずとしてきてしまいました。もともとおせっかい焼きな性格であると自負はしているのですが、そんな顔を見ていたら我慢《がまん》できなくなってしまいます。どうしましょう。よしよしよし、よーしよしよしよしと無限に頭を撫《な》でてあげたくなってきました。

「委員長？」

「ああ、すみません。対策《たいさく》ですよね？」

気を引き締《し》めて、思案します。

実際のところ、辻堂さんの言うとおり、性格を変えるというのは簡単なことではありません。大雑把なままでできる料理を得意料理にするという方法もなくはないのですが、それではレシピが限られてしまいますし。

「すみません。すぐには思いつきませんね」

「やっぱり……」

「もう少し考えてみますので、放課後まで待っていただけますか？」

「こんなくだらない悩《なや》みに、まだ付き合ってくれるのか？」

「くだらなくなんてありません。せっかく辻堂さんが女の子らしくなろうとしているんですから、お友達としては全力で応援《おうえん》します」

「世話かけるな、委員長」

「いいんですよ。私が好きでやっていることですから。いいアイデア、なんとか絞《しぼ》り出してみますね」

とはいえ、やはりひとりで考えるのは限界があるかもしれません。

辻堂さんに少しだけ時間をいただいた私は屋上を離《はな》れ、今からでも誰かに相談に行こうと決めたのでした。


「さて。どうしましょうか」

屋上を出て、廊下《ろうか》を歩きながら事実確認を行ってみても、解決策《さく》は浮かんできませんでした。

こういうのは誰かに相談しながら考えると、ぽろっと解決策が浮かんでくるものなのですが、相談相手も選ばなくてはなりません。

辻堂さんとの共通の友人となると長谷くんの顔がすぐに浮かんできますが、今回、彼は辻堂さんの最終目標。途中で参加させるのは、ちょっと違うかなって気がします。

「なるほど。悩める少女というのは、なかなか庇護欲《ひごよく》をそそるものだな。動物や赤ん坊がかわいさで身を守っているという仮説を支持したくもなる」

「はい？」

どうやらそれは、私に向けて発せられた声のようでした。

振り返れば、そこにはふたりの女性が立っています。

もちろん、そのお顔には見覚えがあります。

「しかしそれを支持してしまうと、ロリコンが生物として正しいということになってしまうので、年齢的《ねんれい》にそろそろ女の子と名乗るのが恥《は》ずかしくなる歳《とし》になった私は、それを断固として認めない側に立つ」

そう続けたのは、保健医の城宮楓《しろみやかえで》先生でした。

豊満な体を白衣で包み隠《かく》し、眼鏡をツイッと持ち上げて、知的な姿を演出していらっしゃいます。それだけに先生のおっしゃることは、ときどき難解で理解に苦しむことがあるのですが。

「えと、城宮先生。こんにちは」

「うむ。こんにちは」

城宮先生は、にこやかに挨拶《あいさつ》を返してくださいました。

「北条さん、難《むずか》しい顔をしてどうかしたの？」

そしてもう一方《ひとかた》。

それは私たちの数学の先生で、長谷くんのお姉さんでもある長谷冴子《さえこ》先生でした。

「どうしたの、ため息なんてついて。悩み事？」

相談相手、という単語が頭に浮かびます。

長谷先生はとてもすてきな先生で生徒にも人気がありますし、風紀委員会の顧問《こもん》代理教員でもあるので、学内のことについては相談しやすくあります。

それに、なにより長谷くんのお姉さん。

これから辻堂さんが料理の腕を高めていくためには必須ともいえる、長谷くんの好みの味や食べる量などに一番詳《くわ》しいはずです。

「えと、なんと言ったらいいのか。私のことではないのですけど」

返答として口に出してしまってからも、こんなことを相談してしまってもいいのか、という迷《まよ》いが消えませんでした。

たしかに誰かと話しながらのほうが解決策を出やすいとは思いましたし、それが長谷先生なら言うことはないと思います。

しかし、けっきょく尋《たず》ねる内容は、大雑把な性格の友達をどうにかする方法なわけで、いちいちお忙しい先生の手を煩《わずら》わせなくてもとも思ってしまいます。

「ははぁん。今、大雑把な性格の友達をどうにかする方法はないかと思ってるな」

「ええっ、なんでわかったんです⁉」

そんなことを考えているうちに、城宮先生が、しれっと私の心の中でのつぶやきを見抜いてきました。

「フッフッフッ。私は保健医だが、スクールカウンセラーも兼ねてる。心を読むくらいお手の物だ」

先生はとても自慢《じまん》げでした。

「……カウンセラーってすごいんですね」

「まあ、嘘《うそ》だが」

「う、嘘なんですか」

城宮先生は楽しそうに笑みを浮かべながら、私をちらりと見つめてきます。

じゃあ、どうやって……？

「じつは唇《くちびる》を読んだ」

「それはそれですごい特技でした！」

カウンセリングからは遠くなりましたが、保健医の先生の意外な特技でした。

「はいはい。楓ちゃんはそろそろ真面目《まじめ》に話をしてくれる」

「うむ？　私にしてはかなり真面目なつもりだったんだがな？」

「じゃあ、もっと真面目に。北条さんが困っているわよ。あ、ごめんなさい。それで？　話せるようなことなら相談に乗るわよ？」

横から、長谷先生が脱線した話を引き戻してくださいました。

それはとてもありがたいのですけど。

「それとも、ここじゃ言えないような内容かしら？」

「はい……いえ、その」

やはり思い切りが出せなくて躊躇《ちゅうちょ》してしまいます。

でも、長谷先生は生徒思いですし、城宮先生はカウンセラー。

性格改善の方法を尋ねたら、親身になってくれるかもしれません。

そう思うと、今ここで話しかけられたのは僥倖《ぎょうこう》かと思えました。

「あの……では、よろしいですか。相談しても」

「もちろん」

「おもしろい話に限るがね」

言葉は違いましたが、先生たちはしっかりと頷《うなず》いてくださいました。

とても頼りになりそうです。

「あの、じつはですね……」

「あれ、姉ちゃん」

びくっと体が震《ふる》えました。

この声は……長谷くん？

私の口はよけいなことを漏《も》らさぬよう、しっかり閉じていきます。

「こら、長谷くん。学校では先生って呼びなさい」

「おやおや、ヒロぽん。ストーキングか？」

「なんでやねん」

振り返って姿を確認すると、それはやはり長谷くんでした。

「あれ、委員長。先生たちとなにか話してたの？」

「えっと、それは……」

「そうよ。今、北条さんと大切な話をしているの。長谷くんは、用がないのなら早く教室に戻りなさい」

答えてくれたのは長谷先生でした。

「んー」

長谷くんが私を見つめてきます。

やましいことはなにもないはずなのに、私はその場にいる全員に背を向けてしまいました。

辻堂さんが私に料理を習っていることは、長谷くんには秘密になっていたはずです。とはいえ、私までおかしな態度《たいど》をとる必要はないはずなんですが。

「すまんな、ヒロぽん。これから女同士でエロい話をするところだったんだ。すまないが邪魔《じゃま》しないでくれ。関係者以外は拝聴《はいちょう》禁止なんだ」

「待って！　それはぜひ参加させてください！　俺も関係者にしてください！」

「さあ、どうしようか。女装すれば考えなくもないんだが」

「女装か……くっ」

「悩まないでください！　それにエッチな話ではないですから!?」

長谷くんの反応に思わず、ツッコミを返してしまいました。

でも考えてみれば、関係、無関係で言うなら、長谷くんが一番の関係者であることは間違いないのです。辻堂さんは誰よりも長谷くんに料理を食べてもらいたいと思っているはずですし、長谷くんの意見がもっとも重要視されるべきなのですから。

大切なのは——それとなく尋ね続けられるか、なんですけど。

「どうしたの、委員長。黙《だま》っちゃって」

「ふむ。どうやら女の子特有の悩みのようだな。さすがに男の前で話すのは難しいということだろう」

「いえ、そういうのでもないですから！」

強く言って、私は話を遮《さえぎ》りました。

黙っていると、城宮先生が話を進めてしまいそうで怖いです。

「あ、そういえば俺も悩み事があって」

「あとにしろ。むしろ忘れろ」

「委員長のときと態度が違う!?」

「それはそうだろう。かわいい女の子とむさくるしい男子。どちらの話を聞く？」

「俺が間違ってました」

「うむ。よろしい」

長谷くんのほうは終了したようでした。

「それで？　北条さんの悩みって、ここで話せること？」

長谷先生があらためて尋ねられます。

私もようやく落ち着いてきましたので、なんとか話の内容をまとめられるくらいはできそうでした。

「あっ、はい。ええと、じつはですね。性格的に大雑把で料理に失敗してしまう友達にどんなアドバイスをすれば、上手になるかということを考えていたんですが」

「料理？　……へえ。委員長に料理を習ってる友達がいるんだ」

「はい。すごく真面目でかわいい人なんです」

「そっかー」

長谷先生はなにか納得《なっとく》したように、うんうんと頷きました。

「だいたいにして友達の悩みという相談事は、本人の悩みだと聞いたこともあるが、今回の場合は違うらしいな」

隣《となり》では、城宮先生が鋭《するど》くも見当違いなツッコミを入れていました。

「そうね。北条さんってお料理できたものね？」

「はい。おふくろの味と自負しています」

これればかりは自信満々に返答しました。

伊達《だて》にクラスで「お母さん」と呼ばれていません。

「別人だというのなら、むしろ都合がいい。生徒を無許可で実験体に使うと大問題だからな」

「ちょ！　なに言ってるんですか、先生！　許可取っても、だめですから！」

城宮先生は長谷くんが止めてくれました。しかし。

「料理下手なんて、味覚がおかしくないのであれば、基本的には手順や分量に問題があるだけだ。大雑把な性格が問題だというのなら、性格のほうをなんとかするべきだろう。ちなみにそういう道具なら、すでにある」

「あるんですか⁉」

「うむ。これだ……とてちてた～♪　……お手軽催眠術《さいみんじゅつ》セット～」

珍妙《ちんみょう》な効果音とともに取り出されたのは、小さな紙袋《かみぶくろ》でした。

「催眠術セット？」

「うむ。どんな人間の性格もたちどころに変化させてしまう秘密道具だ」

「そんなものが……」

「信じちゃダメだ、委員長。この先生の言うことは九割ウソだから」

長谷くんが警告《けいこく》してくれます。でも……。

「なにを言う。それとも、どんなアレな性格したキャラも、二秒で髪《かみ》がピンクになるほど萌《も》えキャラ化する注射がいいか？　こっちは人体実験終了済みだ」

「それだと料理のほうはドジッ子属性《ぞくせい》で爆発《ばくはつ》しそうですね」

「うむ。ドジッ子萌えだからな」

「それでは意味がないですね」

「ううむ。ならばこのお手軽催眠セットしか手はないだろう。ほら、これは委員長に貸してやろう」

「いえ……けっこうです」

さすがに……催眠術はないだろうという気がします。

「では弟くんに貸そう」

「どうも」

「いや、やっぱり貸すなら委員長だな。ほれ」

ひょいと紙袋を投げ渡されて、私は胸で受け取りました。

紙袋の中にはたしかになにかが入っているみたいですけど——でも。

「軽い、ですね」

「ああ。いざというときまでは開けずに持っているといい」

いざというとき……。

料理でいざというときって、どういうときなんでしょう？

「さて。そろそろ真面目に答えてあげないとね」

あらためて場を仕切ってくれたのは、やはり長谷先生でした。

先生にはいつも感謝です。

「先生にはなにかいいアイデアがあるんですか？」

催眠とか注射じゃなくて、とは付け足します。

「ええ。簡単よ」

長谷先生はたっぷりと間を空けて、すてきな笑顔を見せてくれました。

「大雑把な性格のせいで料理がうまくいかないんだとしたら、治すのは性格のほうってことでズレてないと思うわ」

「つまり注射か催眠だな？」

「違うでしょ。ようするにお手本になる人を用意して、あらゆる面でその人をトレースさせればいいのよ」

ぴ、と人差し指を立て、諭《さと》すように先生はおっしゃいます。

「面倒くさがらせずに、その人の動きどおり、分量どおりになるよう、反復練習させるの。人のコピーくらいはできるでしょ？　だったら、その手順を改善するのが一番」

「だけどそんな完璧《かんぺき》に同じ手順を繰《く》り返させる人なんているんでしょうか？」

「いるじゃない。本職《ほんしょく》で毎日、料理を作ってる子が」

☆　☆　☆

「つくしゅ！」

湘南三大天のひとり、片瀬恋奈《かたせれんな》が率《ひき》いる江乃死魔《えのしま》の拠点は弁天橋《べんてんばし》の下にあった。江乃死魔の傘下《さんか》となり、幹部となったかつての総災天《そうさいてん》、おリョウ——俺の姿もまた、今日はそこにある。

「あら？　リョウ、風邪《かぜ》？」

恋奈が俺を見る。

「いや……べつにそんなことはない」

首を横に振って、俺は答えた。

「あっ、そう。じゃあ、これから江乃死魔の幹部会議を始めるわよ。打倒辻堂について意見を広く求めるわ」

「……ああ、悪い」

俺はおもむろに木刀を担《かつ》ぎ直すと、本来、冬服であるはずの黒セーラーのスカートを翻《ひるがえ》して立ち上がった。

「今日は野暮《やぼ》用がある。引き上げさせてもらう」

そう——今日は実家の惣菜《そうざい》店の特売日だ。

お母さんが手伝いを必要としている。

「(早く家に帰って、お店の準備を手伝ってあげなきゃ)」

「そう……まあ、リョウならいいわ。いろいろ独自に情報収集してくれてるし」

許可も得たので、俺はさっさとアジトの出口に向かうことにした。

「ひゅー。リョウさんってあいかわらず超クールっすよねー」

「風邪ひいてるなら、あんまり潮風《しおかぜ》に当たらないほうがいいと思うシ」

「ハナ。リョウが風邪ひくわけないっての。リョウはずっとマスクしてるだろ」

江乃死魔の幹部たちが口々に俺の——俺の口と鼻《はな》を覆《おお》うマスクへの感想を述べる。

「……これはそういう理由でつけているのではない」

一応、否定はしておく。

無視してもよかったが後輩《こうはい》だ。

それに軍門に下った今、立場としては同格になったとはいえ、かつて湘南を支配した実績で幹部に取り立てられたうえ、ある程度の敬意も抱かれているのだから、少しくらいやさしくしてやっても罰《ばち》は当たるまい。

「そりゃそうだってての。伊達や酔狂《すいきょう》でそんなマスクしてるわけがないっての。な！」

「そっすね。それにしてもリョウセンパイって、そのマスクのせいか、いつか分身するって思ってるんすけど、いつになったら見せてもらえるんすかね？」

「いつかモヒカンになって暗黒拳《あんこく》とか使いそうだシ」

「シメるぞ、おまえら」

☆　☆　☆

「ああ、よい子さんならいいかも」

お惣菜屋さんの娘さんで長谷先生の後輩だというそのかたは、どうやら長谷くんも太鼓判《たいこばん》を押すような料理上手のようでした。

ご紹介いただけるようですし、大雑把な手順の改善も含め、そのかたに一度、お願いするのもありかもしません。

「お願いできるんですか？」

「大丈夫よ。ヨイちゃんは私の言うことならだいたい聞いてくれるから。だから部活がない日の……お店が忙しくない時間を利用して来てもらいましょう」

「ありがとうございます。毎日、お店に並べられるレベルの料理を作っている職人《しょくにん》の手際を近くで学べるって、すごく贅沢《ぜいたく》なことだと思います」

「いいのよ。それじゃ、ヨイちゃんには私から連絡を入れておくわね。たしか今日は特売日だから、お店を手伝ってるはずよ。すぐに連絡してみるわ」

相談して正解でした。これなら辻堂さんの料理も早く上達するかもしれません。

「じゃあ、この催眠セットはもういらないですね。お返しします、城宮先生」

「いや。念のため持っていくといい」

城宮先生は笑うだけで、受け取るための手も出してくれませんでした。

体に押しつけるのも失礼なので、預《あず》かり直します。

「できれば使ってみて、感想を聞かせてほしい」

「はあ……」

プロのかたが来て教えてくださるのなら、念のための道具なんていらないとは思いますけど、ひとまず私は城宮先生からの贈《おく》り物も預かることにしたのでした。

そして、私たちは。

なんの心配も不安も抱くことなく当日を迎えた……はずなのでした。

☆　☆　☆

今日は姉ちゃんとよい子さんが委員長と合流して、料理を教えに行く日だった。

……その予定のはずだったんだけど。

「あっ、そうだ、ヒロ。姉ちゃん、今日、学校の用事で出かけなくちゃいけなくなっちゃったの。私の代わりに、ヨイちゃんを委員長の友達の家まで連れていってくれない？」

「えっ、ちょっと、姉ちゃん⁉」

「もうヨイちゃんは呼んじゃったのよ。今日しか時間とれないって言うし」

寝起きの頭は、姉ちゃんの言葉ですっかり目が覚めてしまっていた。

委員長の相談を受けたのは姉ちゃんなのに、日曜日《にちようび》の午前中からいきなり用事を押しつけられるなんて誰が思うだろう。面倒見のいい長谷先生はどこ行ったんだ。

「というわけで行ってくるわね」

「ええええーっ」

「帰ってきたら、ご褒美《ほうび》にちゅーしてあげるから」

「それはいらない」

「なんだとー」

　とても自分勝手だとは思うものの、姉ちゃんが俺に用事を押しつけてくることなんて日常茶飯事すぎて、今さらいちいち腹を立てることもなかった。

「しょうがないな、姉ちゃんは」

「ふふっ。なんだかんだ言って、ヒロは私のこと大好きよね」

「はいはい、そういうのはいいから」

　だいたい、いつもながらそういう言いかたがずるい。

　嫌いなわけはない。ちょっと……付き合うのが大変なだけだ。

「じゃあ、今度こそ行ってくるわね」

「うん、気をつけて」

　そう言うと、姉ちゃんは颯爽《さっそう》と出ていってしまった。

　俺はその背中を、ただ見つめることしかできず。

「……仕方ないな」

　それでもなんだかんだと引き受けてしまう俺は、ちょっと姉ちゃんに甘いのかもしれなかった。

「あっ、ヒロくん、こんにちは」

　朝ごはんを食べ、そろそろお昼どきが近くなってきたな、というあたりで、玄関のチャイムが鳴った。

予想どおりそれはよい子さんで、俺は彼女を玄関の中へと招き入れる。

「よい子さん。いらっしゃい」

武孝田《むこうだ》よい子さん。

近所の惣菜店『孝行《こうこう》』のひとり娘で、俺にとっては2人目の姉ちゃんみたいな人だ。

ご両親思いで、美人で裏表《うらおもて》のない働《はたら》き者さんでもある。

しかもこう見えて剣道部……だったはず。毎朝木刀もって登校してるのをよく見かけている。あ、そういえば、キャプテンはもうやめたんだっけ？

「はい。これ、きんぴらごぼう。冴《さえ》ちゃんと食べて」

「わっ、ありがとうございます、よい子さん」

「いいのよ。それよりヒロくんも大変ね、冴ちゃんの代わりなんて」

「こちらこそすみません。せっかくの休みなのに、付き合ってもらっちゃって」

「いいのよ。こういうときはおたがい様だもの」

彼女は名前のとおりの、とてもいい人だった。

「それじゃ、委員長に連絡して合流しますね」

☆　☆　☆

「えっと……ヒロくん」

「…………はい」

だからこそ、よい子さんの絶句には、俺も絶句で答えることしかできなかった。

この場所に見覚えがない、なんてことは絶対にない。

「ここってたしか……」

どうしてよい子さんが知っているのかは、わからないけれど。

ヤンキーでもない彼女にさえ、その名前が知れ渡っているのは、反応を見れば明らかで。

「…………はい」

玄関を見つめる。

表札には間違いなく。

「辻堂」とあった。


「ここ、愛さんの家じゃん！」

我慢《がまん》しきれなくなって叫んでしまう。

「委員長。まさか料理を教えてるのって……」

「……はい。そうです。はぁ、なんで長谷くんが来ちゃうんですか……」

振り返れば委員長もがっくりしていた。

「いろいろ台なしです……」

そんなこと言われても、という気分だけど、俺がここに来たことでいろんなお膳立《ぜんだ》てがご破算になったのだろうことは、なんとなくわかった。

「えと、ひ、ヒロくん……さ、さすがに私も辻堂……さんに料理を教えるのは」

「ですよねぇ……」

喧嘩最強の狼に料理を教えて、不評を買ったらどうなるのか。

まともな感覚の人間なら、それを考えるのさえ恐ろしいだろう。

普通は最初から近づくことさえ避《さ》けようとするはずだ。

愛さんの本当の性格を知っている俺でさえ、面識《めんしき》のない相手を彼女に会わせるのは少しためらってしまう。

ましてや面識のないよい子さんにとって、この状況は騙《だま》し討ちだ。

「やっぱり、今からでも姉ちゃんに頼んで……」

「そ、そう？　うん、できればそうしてもらったほうが……」

なんてことを話しているうちに、空気も読まず玄関のドアが開いた。

「委員長、長谷先生、料理の先生、いらっしゃい」

玄関から出てきた人。それはもちろん。

「あ」「あ」「あ」

誰あろう辻堂愛さんだった。

「大っ！　なんでいきなり家に来てるんだよっ！」

「ああああああせっかくの平和な休日だったのに！」

辻堂さんと一緒に、よい子さんまで叫んでいた。

☆　☆　☆

「…………で」

立ち話もなんだということで、俺たちは辻堂家のリビングに通されていた。

さっきから愛さんが俺を睨《にら》んでいる。

よい子さんは怯《おび》えているし、委員長も困り顔を隠していない。

「まだ質問に答えてもらってないんだけど」

「偶然《ぐうぜん》だよ。姉ちゃんの代わりによい子さんの道案内で来ただけだし」

正直に答えるしかない。

実際そのとおりなので、言い訳もなにもないのだ。

ただ——ただタイミングが悪かっただけで。

「……ま、偶然なら仕方ないよな」

「わかってくれてありがとう」

どうやら誤解は解けたようだった。

しかし冷静になると、今度は愛さんのことが気になってしまう。

「愛さん、料理を勉強してるんだ？」

「うっ……」

明らかに愛さんはひるんだ。

「ち、違うっ、こ、これは」

「もしかして、俺のため？」

「ば、バカなこと言うなっての。これはただ、その」

「愛さんはかわいいなぁ」

「う、う、うるせぇっ！」

照れ隠しで怒鳴られてしまった。ちょっと嬉《うれ》しい。

「とにかく、もう案内が終わったんなら帰れって」

「そりゃ、愛さんがどうしても練習している姿を見られたくないっていうなら帰るけど……」

とはいえ、できることならこの集まりには最後まで混ざっていたいと思う。

試食会とかもあるんだろうし、愛さんの新しい料理を一番に食べてみたい。

「ヒロくん……できればひとりにしないでほしいんだけど……」

よい子さんに、とても怯えた声で懇願《こんがん》されてしまった。

「そ、それもそうですよね」

そうだった。今回は愛さんと俺だけの結論で済ませられる話ではなかったんだった。

とても残念なことなんだけど、喧嘩狼、辻堂愛の伝説は誤解もあるが、概《おおむ》ね事実。

普通に考えれば、伝説のヤンキーの家に、知り合いもいないままひとりで取り残されるとか最悪だろう。

「ごめん、愛さん。やっぱりよい子さんをひとりで置いては帰れないや」

無理に頼んで呼んでおいて怯えさせたまま放置は、さすがにかわいそうすぎる。

可能なら、愛さんはいい人ですよと重々説明したいところだけど、よい子さんの愛さんに対する視線を見る限り、俺らが脅《おど》されて言わされていると取られかねないし。

「そうですね。どちらにしても長谷くんに食べてもらうのが最終目標《もくひょう》なんですし、今日をお披《ひ》露目《ろめ》の場にしてしまうというのも手かもしれませんね」

委員長もそれがわかっているのか、フォローしてくれたようだった。

「ぶっつけ本番か……」

愛さんも困惑《こんわく》気味ではあるものの、納得はしかけてくれている。

あとは、よい子さんが了解してくれるかどうかだけど。

「長谷くん本人、それに長谷くんの舌を肥《こ》えさせた人がそばにいてくれたほうが、これから作るものに自信がつくんじゃありませんか？」

委員長がダメ押しをする。委員長もこの機に、愛さんに女性の友人を作ろうとしてくれているのかもしれない。

「大の……舌を肥えさせた人、か」

委員長の言葉を聞いて、愛さんがよい子さんを見つめる。

「えっ？　たしかにヒロくんはよくうちのお店のお惣菜を買っていってくれるけど、本当に舌を肥えさせたのは私じゃなく、冴ちゃんだと思……」

「わかった！」

「……ッ！」

愛さんは大きな声を出すと同時に、バンッ！　とテーブルに両手をついた。

「先生！　しっかり学びますので、よろしくお願いします！」

そのまま彼女は頭を下げる。簡単ではあるが、堂々としたお辞儀《じぎ》だった。

「お、おう」

愛さんの唐突《とうとつ》な行動のせいか、よい子さんも、らしくない返答をする。

「それと大！」

と、愛さんの視線がこちらを向く。

「なに？」

「大もここにいて、試食に参加してくれ」

「許可してくれるんだ？」

「ああ。その代わり、大はキッチンを覗《のぞ》くの禁止。料理ができるまでリビングでおとなしくしてること。これが条件だ」

鶴《つる》の恩返しみたいなことを言われたけれど、それを守るだけで愛さんの新作が食べられるのなら易《やす》いものだ。

委員長もよい子さんもいるのなら、変なものはできないだろうし。

だから俺は自信満々に答える。

「任せて。絶対に覗かないよ」

☆☆☆

キッチンの様子が気になるのは、仕方のないことだった。

「それじゃ、まず、辻堂……さんはなにか作りたいものってありますか？」

よい子さんの辻堂さんへの料理レッスンは、すでに始まっていた。

三人はエプロン姿で今、キッチンの中にいるのだろう。

見たい。

エプロンとか、すごく見たい。

一瞬《いっしゅん》でも見られれば、待ち時間の間に脳内《のうない》で新婚《しんこん》さんごっことかしてしまいそうだ。

だが——俺は紳士《しんし》であった。約束は守る。

現に、俺はキッチンを覗かないという約束を完璧に遂行《すいこう》中であった。

顔はテレビをまっすぐに見据《みす》えているし、ソファに腰掛けてからは身体も微動《びどう》だにさせていない。完璧な傍観者《ぼうかんしゃ》スタイルだ。

……でも、そうまでしても漏《も》れ聞こえてきた声は耳に入ってしまう。

これは仕方ない。不可抗力だ。

というわけで……俺はさっきからテレビの音声を無音に設定して、聞き耳を立てているわけですが。

「なにって言われても。……あ、大が喜んでくれるならなんでも」

聞こえてくる愛さんの声は、弱気でとても愛らしいものだ。

振り返りたくなる衝動は、ニヤニヤ笑うことで発散する。

どうせ向こうからは、こっちの顔は見えないしね。

「基本的にヒロくんはなんでも喜んでくれると思うわよ。うちの商品も大好きだって言ってくれてるし」

「なにぃ……!?」

ま、ときおりドスの利いた声が混じるのはご愛嬌《あいきょう》ということで。

「あ、えっと……じつはそんなに好きじゃないかも……」

「うぅ……店で売ってるレベルのモンと比べられると勝ち目ねーって……」

あ、弱気になった。

「え、えっと、とりあえず、レパートリーを増やす方向でお勉強していきましょうか」

「できれば、一発でうまいって言わせるもんが作りたいんだけど」

「あ？　ナメてるのか、辻堂」

ん？　今の声は誰だろう？

「料理も喧嘩も最初からうまく行くわけがないだろう。きちんとステップアップしていって、初めて自信を持って他人に提供できるんだ。才能ばかりでやってきたせいで、そういうのもわからんのか？」

「そうです。そういう態度はいけませんよ、辻堂さん。先生にあきれられてしまっているじゃないですか」

「えっ、今のあきれられてたの？　てっきりすごまれてたのかと」

「あっ……いえ、いいのよ、辻堂さんの気分でやってもらえば」

あ、やっとよい子さんの声が聞こえた。

「そう……気分で殴《なぐ》ったりしなければそれで」

なんだか悲しい反応だった。

「どうも遠慮《えんりよ》されちゃってますね……」

「悪い。ちゃんと少しずつやるよ。なあ、だったら先生のおすすめ料理とかでもいいんだけど、なんかない？」

「だったら揚《あ》げ物にしましょうか。ヒロくん、揚げ物はいつもうちで買うみたいだから、たまには彼女さんが作ってあげるっていうのも」

「揚げ物だと、コラ⁉」

「ヤンのか、コラ！　って……ああ、どうしましょう、さっきから口調が安定しないんだけど……」

……おかしいな。キッチンの中、さっきからひとり多い気がする。

「あ、そうじゃなくて、揚げ物とか、いきなりレベルが高すぎで、なにをどうやったらいいのか、まったくわからなくてさ……」

「そ、そうね。いきなり揚げ物はないわよね。油はあぶないし」

あ、よい子さんがフォローした。

「煮物とかも教えようと思ったんですけど、ダメでしたしね。味付けを間違えなければ、失敗しないものなんですけど。肉じゃがなんて覚えたら、絶対、長谷くんに喜んでもらえると思うのに」

「ダメだって。委員長みたいにおふくろの味っぽい味付けなんてできないんだからさ。なんだよ、みりんって」

「ああ……そこからなのね、辻堂さん」

「というわけで辻堂さんにはシンプルに、焼くという工程だけで終わるものを教えたほうがいいかと思うんですけど」

「なんかすごくバカにされている気がする」

「ベーコンもうまく焼けない人が、生意気なこと言うんじゃありません」

「あれはベーコンが薄《うす》くて、すぐ焦《こ》げるのが悪いんだって。ちくしょう……あの豚《ぶた》野郎。今度はただじゃおかねぇ」

「……辻堂……ベーコンも焼けないのか……」

「だから、もっと分厚いのだったら大丈夫なんだって」

「そんなこと言って、焼くだけでいいって置いて帰ったハンバーグを炭に変えてたじゃないですか」

「だって、中のほうが生焼けになってたらあぶないじゃん。焦がさないで焼くの無理だよ、あれは」

「じゃあ、ハンバーグ煮なんてどうです？」

「だから煮るのはダメなんだって」

「……くっ、俺にこの辻堂をなんとかしろというのか……」

やっぱりキッチンの中、ひとり多い気がするんだよなぁ。

と……ここまで聞いたところで意識《いしき》を自分のところに戻す。

「なんだか向こうは大変そうだな」

料理の上達というのは、簡単にはいかないものらしい。

辻堂さんの場合は特に、お母さんの大雑把な料理をあたりまえだと思っていたという不利がある。一回壊して立て直さないといけない分、けっこう骨かもしれない。

「ん？」

なんてことを考えていたら、リビングに小さな紙袋を見つけた。

見覚えがあるけど……。

「ああ。これって、城宮先生の用意した……」

そうだ。たしかお手軽催眠セットって言ったっけ。

委員長、律儀《りちぎ》に持ってきてたんだな。

どうしよう。あんまりうまくいってないみたいだし、ちょっと試してみようか。

「委員長～」

振り返らぬまま、声をかける。

「あ、はい。なんでしょう」

声が返ってきた。

「これ、開けてもいいかな？」

☆　☆　☆

「いやいやいや。ない。それはない。なさすぎる」

愛さんはあきれたように首を振っていた。

「そんなもんで料理の腕が上がるなら苦労はないだろ、大」

まあ、これが普通の反応だろう。

催眠術とか胡散臭《うさんくさ》すぎるし。

「まあまあ。ものは試しってことで。せっかく城宮先生が用意してくれたんだし」

「つっても、これの中身、紐《ひも》の結んである五円玉と説明書だけだったじゃねぇか。どうすんだよ、こんなもんで」

……愛さんが正論だった。

「これはまた……ずいぶん古典的ですね」

「知ってんのか、委員長？」

なんだか懐《なつ》かしそうに五円玉を眺《なが》める委員長に、愛さんが尋ねる。

ああ、あまりにも古典的すぎるものだから、ここまでどストレートだとかえってわからないのかもしれない。

「はい。目の前で五円玉をぶらぶらさせて、あなたはだんだん眠くなるってやるんです」

「……本当に効くのか、それ？」

「じゃあ、軽く実験してみない？　委員長とよい子さんで」

「ええ。説明書には、緊張《きんちょう》をほぐすのにも使えるって書いてあったし」

「え？」「私たち⁉」

「読んだのかよ、説明書」

愛さんにあきれられてしまった。

「せっかくの預かり物だからね。それによい子さん、愛さんの前でちょっと緊張してたのか口数が減《へ》っていたみたいですし」

「え……いや、口数は、その……」

なんだろう。ちょっと照れたようにそっぽを向いてしまった。

「ねぇ、やりましょうよ」

ぷらん、と紐を伸ばし、よい子さんの目の前に五円玉を垂《た》らす。

「待った」

と、そこで愛さんの待ったコール。

俺はそのまま五円玉をぷらぷらさせながら、愛さんに向き直った。

「大が使うと、エロエロな展開になる気がする」

「すごい勢《いきお》いで人物像を誤解されている気がする！」

「誤解じゃねーだろ。あンときだって」

「あンとき？」

「……なんでもない」

どのときだろう。しまった、身に覚えがありすぎた。

「とりあえず試していいかな？」

「いや、ダメだ」

ひょい、と五円玉が奪《うば》われた。

「え？　あれっ？」

「はい、委員長」

「はい。受け取りました」

五円玉はあっさり委員長の手に渡ってしまった。残念だ。

「では私が試してみますね」

その委員長が向き直ったのは、よい子さんのほう。

「お、俺……私っ!?」

「まあまあ。ものは試しです」

委員長がにこやかに笑う。

「……うん。委員長なら大丈夫だな」

愛さんは納得していた。

「同じ行動とセリフなのに反応が違う。ずるい」

「大はダメ」

にべもない。

「あの、私の意見は……？」

よい子さんの意見はかわいそうなくらい無視だった。

もしかしたらこう見えて、いじられ属性《ぞくせい》があるのかもしれない。

「それじゃ、いきますね」

そしてなぜか委員長はやる気満々だった。

委員長こそいじられ属性に見えるのに、人は見かけによらないものだなぁ。

「あなたはだんだん眠くなーる、眠くなーる」

「………（どうしたらいいでしょう？）」

よい子さんは救いを求める視線を俺に向けてきていた。

こちらとしてももともとただの暇《ひま》つぶしで、こんなのでどうにかなるとは思っていない。

なので、俺の返答は簡単だった。

「（流れで）」

「（アドリブ!?）」

「（よい子さん、がんばって！）」

「なに、ふたりで目と目で通じ合っちゃってんの？」

辻堂さんに答える。

「いやいや、なんでもないよ」

「ふぅん……」

ごまかされてくれたようだ。

「………むむ」

そして、俺に見放《みはな》されたよい子さんは、仕方なく五円玉を凝視《ぎょうし》することにしたようだった。

もちろんそんなもので催眠術がかかるほど、世の中は甘くないのだけど。

「……あっ」

なにか思いついたように、よい子さんが声を上げる。

間をおかず、よい子さんの頭がぐーらぐーらと揺《ゆ》れだした。

「なんだかすごくねむくなってきたわー」

棒《ぼう》読みだった。

「マジか。本当に催眠術にかかったみたいだぞ」

愛さんは単純だ。

「ほーらほーら。あなたの身体からどんどん緊張が解《と》けていきますよー」

委員長はノリノリだった。

「あはぁん、うぅん、ふ、あ、あ、あン……さいみんじゅつ、きくぅ」

　そして、よい子さんは……なんだこれ。

「あっ」

　かくん、とよい子さんの頭が後ろに倒れた。

「よい子さん、大丈夫ですか？」

　いちおう声をかけてみる。

「あー……えっと……ごほん」

　体勢《たいせい》を立て直して、よい子さんは咳払《せきばら》いをした。

「おい、辻堂。俺をこんなくだらねぇことに付き合わせやがって。しっかり鍛《きた》えてなおしてやるぜ」

「別人になった!?」

　頭をあげたよい子さんは、なんだか怖い人になっていた。

　黒セーラー服を着こんだあげく、マスクとかつけて木刀を振り回しそうだ。

「委員長、そんな催眠術をかけたの？」

「えっ、違いますよ」

　委員長は驚《おどろ》くが、実際そう変わってしまっているのだからなにがなんだか。

「(これで思わず口調が変わっても、催眠術のせいにできるわね)」

よい子さん——今や悪い子さんとなった彼女は、怖い顔で「くくっ」と笑っていた。

「愛さん、これいけるんじゃ？」

「なんかこの人ムカツク。殴りたい」

「催眠術だっツッてんだろ」

よい子さんは、とても元気になってくれていた。

ある意味では、緊張から解放されたんだろうか。

もしかしたらよい子さんにも、なにか鬱屈《うっくつ》したものがあったのかもしれない。

今度やさしくしてあげよう。

「ん？　あれ？　そういえばなんか似たような人を知っている気がするな」

「似てないわよ⁉」

よい子さんが速攻で否定した。

「似てませんか？」

「べ、別人だからな」

まだ誰とも言ってないのに。

でも本人が似てないと言っているんだから、きっと違うんだろう。

「じゃあ、今度は辻堂さんの番ですね」

「えっ、アタシ!?」

よい子さんを催眠術に陥《おとしい》れた委員長は、すっかり気をよくして次のターゲットを見定めたようだった。

「はい。武孝田さんにもこうしてうまくかかったわけですから、今度こそ本番です」

「だけどさ、委員長」

「武孝田さんをこんなふうにして、辻堂さんはなにもしないっていうんですか」

「この人をおかしくしたの、委員長じゃん……」

「というわけなので、いきますよ、辻堂さん」

委員長は問答無用だった。誰だ、この無敵委員長。

愛さんの眼前に、ぷらんと五円玉が垂れる。

「あなたはだんだん眠くなーる、眠くなーる」

「……はあ。さっさと終わらせてくれよ」

愛さんはやる気なし。

催眠術には催眠をかける人とかけられる人の協力が必要だというが、この調子ではさすがに……。

「んー……はふ……」

「あ、眠くなってきましたね」

「違うって。これはただ……ちょっと疲れただけで……ふぁぁ……」

さすがに……。

「眠くなーる……眠くなる──」

「くー」

「寝ちゃった⁉」

愛さん。なんて単純な人なんだろう。

「それで委員長。これからどうするの？」

「せっかくなので、性格改善にかかりたいと思います。本当ならこんな安直な方法じゃなく、ゆっくり時間をかけて変えていきたいところなんですけど」

「ですけど？」

「一度体験してみるというのも悪くないと思いましたので」

「なるほど」

委員長が言うのなら、いいんだろうか。

「では」

委員長は意気《いき》揚々《ようよう》と愛さんに向き直った。

「辻堂さん、辻堂さん。あなたは今、催眠にかかっていますね」

「んー……かかってる」

愛さんが寝ぼけた声を漏らす。

「ではこれからあなたの性格にメスを入れます。私が合図をしたら、あなたの大雑把なところが改善されて、お料理が得意になっています」

「……うん……そんな気がする……」

「なるんです。さあ、辻堂さん。成功体験してみましょう……はいっ！」

「うわっ！」

愛さんが跳《は》ね起きた。

「どうですか？　気分とか悪くないですか？」

「んー……いや。むしろすっきりしてるけど……」

「それはよかったです」

「……しかし、こんな方法で辻堂の料理の腕があがるのか？　俺の立場がないんだが」

よい子さんも、心配そうに愛さんの顔色をうかがっている。

悪い子になったのに、律儀な人だ。

「うまくいったら儲《もう》けものってことでいいじゃないですか。それじゃ、辻堂さん。せっかくですし、肉じゃが、いっちゃいましょうか？」

「ん。肉じゃがな。オッケー」

愛さんはなんでもないように、さらりと返事をした。

☆　☆　☆

「バカな。おいしいだと⁉」

「完璧ですよ、辻堂さん」

まさかの大成功らしかった。

味見という工程のせいで一番乗りは女性陣に奪われてしまったけれど、どうやら催眠術は予想以上の効果をあげたようだった。

「え、うまくいったの？」

「はい。完璧な肉じゃがです」

「味もばっちり。やればできるんだな……」

キッチンから聞こえてくる声は、すべて称賛ばかり。

その声とともに、いい香りが漂《ただよ》ってくる。

やばい、よだれが。

「やったぞ大！」

けれど最初にキッチンから飛び出してきたのは、肉じゃがでもご飯でもなく、愛さんだった。

成功がよほど嬉しいのか、人目もはばからず、俺の首に抱きついてくる。

「あ、愛さん……く、苦しい……」

「やったやったやった！　こんなにうまくいったの、生まれて初めてだ！」

「ギブギブ……そろそろ死にます……」

「よし。これからは毎日アタシの手料理食わせてやる。そうだ、弁当だ。弁当がいいな。へっへー、母さんにもこんなことできねーぞ、きっと」

愛さんの喜びの声が耳に届く。

それはまるで天界に鳴り響《ひび》く、天使の歌声のように美しかった。

「コラ、辻堂っ！　ヒロくんの首が締《し》まってる！　離せ、おい！」

「長谷くんっ!?　そっち行っちゃダメですよっ！」

ああ、愛さんの肉じゃが、きっと天国の味がするんだろうなぁ……。

☆　☆　☆

「というわけで、思いのほかうまくいきました」

翌日、九死に一生を得た俺は、保健室の城宮先生に催眠術セットを返しに来ていた。

まさかの大成功だったのだから、きちんと報告しなければ、成果を期待してくれていた先生にも失礼だろう。

ちなみに肉じゃがは最高だった。

『孝行』さんで買ったものと遜色《そんしょく》のない味。

つまりは売り物にできるレベルの美味しさだった。

「おお、そうか。それはなによりだな」

先生は煙草《たばこ》をふかしながら、俺の報告を聞いている。

生徒のいる前で煙草はやめてほしいと思うけど……。

「ヒロぽんもスルメ食べるか？」

「けっこうです」

保健室で酒を飲むのとは、どっちが悪いんだろうか。

「だけど催眠術で料理ってうまくなるものなんですね？　初めて知りました」

「いや、ヒロぽん。報告は聞いたが、それはないぞ」

スルメの足を口の端《はし》からはみ出させながら、先生はなんでもないように答えた。

「でも、実際に……」

「委員長が変えたのは、大雑把な性格のほうなんだろう？」

思い出してみる。

「料理がうまくなるとも言ってました」

「そうか。だが、それは無理だ」

先生は咥えていたスルメの足を引きちぎった。

「魔法や超科学じゃなく、しょせん暗示なんだから、できないことをできるようにするのは無理だからな」

「いや、でも……」

「催眠術で料理下手《べた》が治ったのなら、それはもともとできるってことだろ。よかったじゃないか、ヒロぽん。これから毎日、彼女の手料理が食えるぞ」

先生は肩をすくめると、スルメを咥えたまま笑った。

愛さんの料理の腕が上がった。

しかもそれは、愛さん自身の実力だったということらしい。

だとしたら、一刻も早く報告したい。

やっぱり愛さんは料理でも最高だったんだよ、と。

☆　☆　☆

「さあ、大。たんと食え！」

翌日の昼ご飯はじつに豪勢《ごうせい》だった。

いかにもどこかから掻《か》き集めてきたような、不揃《ふぞろ》いのお弁当箱が四つ。

それぞれにおかずがぎゅうぎゅう詰まっていた。

もちろんお弁当だから冷凍食品も混ざっているけど、手作りのおかずも充実だ。

「へっへっへー。こんな簡単に料理の腕前が上がるなんて、反則みてーだな」

昨日の報告の結果、愛さんはとても上機嫌だった。

勢い余って、こんなにお弁当を作ってきてくれたくらい。

「じゃあ、いただきます」

弁当箱を受け取って、さっそく煮物を一口。

「どうだ？」

わくわくといった様子で俺の顔を覗きこんでくる愛さん。

もぐもぐと咀嚼《そしゃく》して、舌《した》の上だけでなく喉《のど》の奥でも愛さんの料理を吟味《ぎんみ》する。

「これは……っ」

口の中に……広がる、どこか懐かしいこれは……！

鼻《はな》から、口から、呼吸とともに料理の香りが噴き出すような感覚。

背筋がぞくぞくと震え、愉悦《ゆえつ》が体の奥底から浮かび上がってくる。

涙《なみだ》はあたりまえのように頰《ほお》を伝っていた。

「犯罪的だ……うますぎる……あ……ありがてえっ……！　涙が出るっ……！」

完璧だった。

なにも言うことがなかった。

しかも完全に俺好みの味だった。

美味《おい》しいけど個人的にはもうちょっとしょっぱいほうが、みたいな文句もつける必要がまるでない。

言うなれば、おふくろの味だ。人が生まれたときから慣れ親しみ、もはや生活の一部ともなった味が完全に再現されていた。

「ンまあ～～～い！」

なってこった。

これはもう、ごちそうさまじゃない。

美味しかった、じゃ足りない。

ありがとう。

そう、これがお弁当の感想としてはふさわしい。

いっそ、結婚してくださいくらいは感想で言ってもいいかもしれない。

「もぐもぐウマー」

俺は口の中に掻きこむようにして、お弁当を片付けていく。

愛さんの料理といえば玉子を焼いたものしか食べたことがなかったけれど、まさかこんなにも完璧な食事が出てくるとは思わなかった。

むしろできたてじゃなくて、安心したくらいだ。

これでできたてだったりしたら、うまさで卒倒しかねない。

それになにより、彼女が一生懸命《いっしょうけんめい》がんばってくれた結果こうなったというのが、ものすごく嬉しかった。催眠術というきっかけがあったにせよ、だ。

「へへっ。大にお弁当を作ってやるって話したら、よい子さんが下ごしらえしてくれたんだよ」

「なるほど。懐かしいと思ってたけど、『孝行』の味だったんだ」

「あっ、でも最後の仕上げをしたのはアタシだぞ」

「わかってるって。辻堂さんの料理の腕前を疑《うたが》うわけじゃないよ」

「うんうん。ほら、大。どんどん食え」

愛さんも嬉しそうにお弁当を勧《すす》めてくる。

量があるのは大変だけど、ここは男の子のがんばりどころだ。

完食するのが、彼氏の務《つと》めに決まっている。

「いただき……んっ？」

と、新しいおかずに手を伸ばそうとしたとき。

俺はなぜか違和感を覚えていた。

なんだろう。なにか不足している気がする。

このお弁当には――決定的になにかが足りない。

そんな気がする。

「どうした、大？」

「いや……」

愛さんは違和感に気づいていないんだろうか。

もう一度、お弁当を見直してみる。

から揚げ、コロッケ、ミートボール、ナゲット、ハンバーグ、エビフライ、マッシュポテト、ウィンナー、チーズ、骨《ほね》付きフライ、肉巻き、肉詰め、春巻き、野菜巻き、海苔《のり》巻き、甘酢《あまず》掛《が》け、エビチリ、生姜《しょうが》焼き、照り焼き、磯辺《いそべ》焼き、グラタン、ポテトサラダ、ごぼうサラダ、中華サラダ、シーザーサラダ……。

一般的なお弁当としてはバラエティ豊かだが……やはりなにかが不足している。

色合い的にも、そこにあってしかるべき……。

「あ」

気づいた。

「玉子焼き……」

そう。四つのお弁当箱を探してみたけど、いつもは入っているはずの玉子焼きだけが、その中にはなかった。

もちろん、玉子焼きよりもいいおかずはたっぷり入っている。

けれど失敗を繰《く》り返して、ようやく覚えたはずの思い出深いおかずがお弁当のどこにもないというのは、少し寂《さび》しい気がした。

「愛さん、このお弁当なんだけど……」

箸《はし》を止めて、愛さんの顔を見返す。

けれど愛さんの視線は、ふいに屋上の入り口ドアに向けられていた。

「愛さーん！」

ばたんと鉄扉《てつとびら》を開ける音がして、誰かが入ってくる。

それは愛さんの舎弟《しゃてい》の一年生で……。

「照れ隠し真龍拳《しんりゅうけん》!!」

「ぐはー」

頭の中で解説を終えるよりも前に、辻堂軍団のナンバー2は、俺たちの頭よりも高いところに舞《ま》い上がっていた。

「いきなり入ってくんなって言っといただろ」

ぐしゃあとたたき伏せられ、彼女は屋上の床に突っ伏す。

「な、なにするんすか、愛さん」

「うん。すまん、クミ」

立ち上がるナンバー2。すでに慣れっこであるのがすごい。

遅ればせながら彼女の名前は、葛西久美子《かさいくみこ》さん。

辻堂軍団ナンバー2という肩書で、愛さんの面倒を見てくれている。

「ったく、オレが愛さんのパンチなら快感に変わる人種だからいいものの……」

ちょっと変な子だった。

「お、なんだ。ヒロシも一緒だったのか」

「あ、うん。食事中」

「へぇ、うまそうな弁当だな。オレにもちょっと食わせてくれよ」

「ダメだよ、せっかく愛さんの手作りなんだから」

「なん……だと……」

葛西さんの背後で、雷鳴が鳴り響いた気がした。

「ま、マジかよ……あの、愛さんが弁当なんて……ひ、ひひひひヒロシ、おまえなんて贅沢なモン食ってやがるんだ……ヨダレずびっ！　やべぇ……やべぇよ……そんなもん、天上の味がするに決まってるじゃねぇかよ……ああ、ああああ、あああああ……そ、そんなもん食った日には……オレは……オレは……あああぁぁぁあぁぁぁっっ！　愛さあぁぁあぁぁぁぁぁんんんんっっっっ!!」

訂正。愛さんに関することには、ぶっちぎりでイカレた子だった。

「うるさい！　イラつき波動電刃拳《はどうでんじんけん》!!」

「ぐはー」

葛西さん、ふっとんだー。

「用がないなら、どこか行ってろ！」

「すんません！　用事はあったんでした！」

葛西さんはふたたび不屈の精神で立ちあがっていた。

「すまん。パス」

「まだなにも言ってないっす！」

けれど愛さんは葛西さんの言葉を聞く気もないのか、ひらひらと手を振り、彼女を追い払おうとする。

「どうせあれだろ、またどっかのヤンキーが攻めてきたっていうんだろ？」

「はい！　北の喧嘩集団、琥璃鳴音《くりおね》っす！　その数二〇！」

右手に一本、左手に二本、指を立て、葛西さんは敵の情報を告げた。

合計で三だけど、そのあたりはスルーするのがやさしさだろうな、うん。

「二〇？　そンくらいなら、自分らでやれって」

「でもですね、ほとんどが格闘技経験のあるやつらしくって……」

「アタシは新しいレパートリーを増やすのに忙しいんだってば」

「レパートリー？　七七の殺し技を増やすんすか？」

「ま、そんなとこ」

おもに俺の舌と胃袋《いぶくろ》を殺す技だけどね。

「つーわけでパス」

「いやっ、いやいやっ、待ってくださいよ愛さんっ」

葛西さんがヘッドスライディング気味にすがりついていく。

「愛さん、もうちょっと不良グループのことに興味持ってくださいよ」

「そんなの放っといても、腰越《こしごえ》がぶっ飛ばすか、江乃死魔が吸収してこき使うだけだろ」

「腰越はともかく、江乃死魔に吸収されたらまずいっすよ！　やつら、また勢力《せいりょく》拡大してるんすから！」

「ったく……だからっていちいちアタシを引っ張り出すなって……」

愛さんはため息をつきつつも、腰を上げて、スカートのお尻《しり》をパンパンと叩く。頼まれると断《ことわ》れないあたり、愛さんらしい。

「えと……悪い、大。話の途中だったよな。なんだっけ？」

「あ、いえ。べつにたいしたことじゃないから」

違和感といったって、お弁当の中に玉子焼きが入っていなかったってことくらいだ。いちいちたしかめることじゃない……気がする。

「ん、そっか」

愛さんは特に気にした様子もなく、葛西さんに向き直った。

その表情はすでに喧嘩狼。腰につけた伝説のヤンキー『稲村チェーン』から受け継《つ》いだ鎖《くさり》が、ちゃらちゃらと鳴る。

「んじゃ、ちょっと行って料理してくる。マズそうな材料だけど」

けれど俺に振り返るときは、やっぱり俺の彼女としての顔で。

「お土産《みやげ》はいらないからね」

「了解」

そして、そのどちらの顔も嫌いじゃない俺としては、黙《だま》って見送ることしかできないのだった。

☆　☆　☆

「で、なんで私のところにくるんだ」

「自慢したくて」

昼休みの時間も残りわずかだというのに、俺はなんとなく勢いで保健室に顔を出していた。

保健室の主である城宮先生は、あいかわらず遠慮なくぷかぷかと煙草を吹かしているけれど、俺の話にはきちんと耳を傾けてくれているようだ。

「というわけで、今日もおいしいお弁当をいただきまして」

「ケッ。リア充め！　仲よくお弁当か！　死ねばいい！」

「すごい。罵倒《ばとう》なのに犬が遠吠えしているように聞こえる」

「最悪だおまえ」

幸せなことがあると、人に話したくなるものなのかもしれない。

城宮先生も幸せになればいいのに。

「それにしても、催眠術ってすごいんですね。なんか俺にもかけてもらいたくなってきましたよ」

「ならば、二度とアレが立たないようにしてやろう」

「やめてください！　てか、そんなことできるんですか？」

「できることをできないようにするのはたやすいぞ。できないと思いこませるだけだからな。さあ、ヒロポン。コッチヲ見ロォ……オイ……コッチヲ……見ロッテ、イッテルンダゼ……」

「なんか怖い。マジにヘヴィにパワー持ってそう。S．H．I．T」

☆　☆　☆

「ひゃっほう！　今日はサンドイッチなんだね！」

翌日も愛さんはお弁当を作ってきてくれていた。

お店で売っているお弁当や玉子サンドなら、今までも一緒に食べたことがあったけど、なにが出てくるか楽しみにお昼どきを待てるようになったのは、嬉しい変化だ。

「もぐもぐウマー！」

「ちょっと手抜きで悪いな」

だというのに、愛さんはあまり元気がない。

手抜きなんて言っているわりに、ＢＬＴ《ベーコンレタストマト》サンドだったり、カツサンドだったりと種類も豊富だから、たいしたものだと思うんだけど。

「昨日のやつら、町中に散らばってひとり一殺を狙ってきやがったせいで、かなり時間取られちまったんだ」

「逃げられたの？」

「いや、最後は一ヶ所に追いこんで全部潰《つぶ》したけど」

「ああ、そうなんだ」

しっかり勝っているところはすごい。

とりあえずそういうことなら、今日は邪魔が入ることもなさそうだ。

「途中で抜けようかとも思ったんだけど、帰るとクミたちが狙われそうだったからさ」

「それじゃ、途中で帰るわけにはいかないよね」

「うん。鎖の音が聞こえたら反射的に泣くようにしといたから、もう来ないと思う」

「そう。お疲れ様」

アフターフォローも抜かりないらしい。

「それでけっきょく、朝帰りでさ、弁当作る時間、あんまり取れなくて……で、こんな結果」

「いいってば。厚意でしてくれていることなんだから、気にしなくても」

「あー……うん。ただ、それよりも困ったことになっちまっててさ」

「なに？」

「サンドイッチだろ。だから、ひさしぶりに玉子サンドを作ろうとしたんだ」

玉子サンド。そういえば最近食べてない。

あれ？　そういえば、このサンドイッチ、たくさん種類があるわりに、玉子サンドだけがない。どういうことだろう。

言いそびれたけど、昨日も玉子焼きがなかったし。

「そしたら……玉子サンドが作れなくなってた」

「え？」

「だから玉子サンドが作れなくなったんだって」

「……なんで？」

「知らねーよ。なんかアタシが作れたモンをもう一回作ると、料理の腕が元に戻っちゃうような気がして不安になっちまうんだよ」

愛さんは喧嘩のときにも見せたことのないような悲しい表情になると、顔を伏せ、自分の手首を握《にぎ》った。

「で、でも城宮先生も言ってたけど、もともと愛さんができないことは最初からできないって……！」

「じゃあ、できていたことができなくなるのは、どういうことなんだよ」

すごまれる。顔を伏せたままだというのに、ちょっと怖かった。

「それは……」

考えてもわからない。

少なくとも、そんな命令を委員長は出していなかったはずだ。

「なんかさ……もしかして、昨日までアタシが作ってた料理って、催眠術で生まれたアタシの別の人格が作ってたんじゃないかって気になってきて」

「そ、そんなことないって！」

「けっきょく……催眠で作った料理なんて、アタシの料理じゃないってことなんだろうな」

「だからそれは……」

「よけいなことしたせいでアタシ……作れた料理まで作れなくなっちまった……」

「愛さん……」

愛さんは顔を伏せたまま、肩を震わせていた。

玉子サンド以外は作れるからいいじゃないか。

そんな言葉をかけられるはずがない。

今の愛さんには、自分の作った料理さえも、他人の手で作られた料理だという認識《にんしき》しか持てないだろうから。

「愛さん」

だから、俺は肩を抱くくらいのことしかできなくて。

今になってようやく、愛さんがずっと本気で俺のために料理をがんばろうとしてくれていたことを思い出す。

だから玉子サンドって一品だけでも自分の力で作れるようになれて、あんなにも喜んでいたのだということを、やっと理解できたような気がした。

☆　☆　☆

「だから、なんでいちいち私のところに来る」

「悩み相談に」

「む……」

俺がそう告げると、城宮先生は煙草を揉《も》み消し、真面目な顔で僕に向き直ってくれた。

「私はスクールカウンセラーだ。どんな質問でも立ちどころに解決してやる」

「本当ですか？」

「ああ、一〇代の悩みは性欲解消で、二〇代以降の悩みはお金でだいたい解決できる」

「そんな一般論はいいです」

「なんだ、ヒロポン。まだ私の力が必要なのか？　私は未来から来た猫型ロボットではないんだぞ？」

「それは知ってますが」

「だったら自分で解決しろ。ベッドが必要なら貸してやる」

「なんでそうなりますか」

「言っただろ。一〇代の悩みはだいたい性欲解消で解決できると」

あいかわらずの適当さだ。

「前にも言ったが、催眠術なんぞきっかけだ。別のきっかけがあれば、すぐにでもどうにかなる」

「別のきっかけって……」

「おまえら若いリア充だろ」

城宮先生は、親指で、くいくいとやっぱりベッドを指した。

「はあ……」

「……やれやれ、仕方ない。とっておきの大人のおもちゃも貸してやる」

「帰ります」

☆　☆　☆

「愛さん！」

いつもの屋上。

稲村学園では決闘場《けっとうじょう》として知られ、俺たちにとっては昼の憩《いこ》いの場となっているその場所に、まだ愛さんの姿はあった。

昼休みからずっと教室にも戻らず、ここにいたらしい。

「心配したよ。授業にも出てなかったから」

「なあ、大。……もうさ、催眠術、解いてもらいに行ってもいいかな？」

愛さんは俺の姿を見るなり、そんなことを言い出していた。

「もう……なんか疲《つか》れちまって」

「愛さん……」

きっとそれをやれば、すべては元どおりになるのだろう。

愛さんの凝《こ》った手料理を食べられる機会はまだまだ先のことになってしまうけど、仕方ない。なんでも一朝一夕にはいかないのが現実だ。

「悪ぃな、大。うまいモン作ってあげられなくて」

悲しいくらいすっきりと、愛さんは俺に微笑《ほほえ》みかけ。

普通の女の子みたいに、俺の腕に自分の腕をからませてきていた。

こうしていると、愛さんは普通の女の子にしか見えない。

喧嘩狼の肩書が嘘みたいだ。

「また、玉子サンドからやり直しだな」

たしかに。それがきっと、正しい解決方法。

すべてなかったことにする。すっきりした方法だ。

俺がそれを止める理由はない。

「…………」

でも。

でも。

それは逃げだと思ってしまう。

喧嘩からは逃げるように教えてきた俺だけど、愛さんの今の判断はたぶん、愛さんらしくない決断だと思う。

愛さんは……俺の好きになった愛さんは……こういうときこそ、ツッパる人だったはずだから。

別のきっかけ。なぜだか城宮先生の言葉が頭の中に蘇《よみがえ》ってくる。

「……なにビビッてるのさ、愛さん」

「え……大？」

「城宮先生が言ってたよ。催眠術はしょせん催眠術。できないことはできないし、できなくなることだって、本当はできるものをできないと思いこませるだけなんだって」

「…………」

愛さんの体が離れる。

けれどそのおかげで、俺は愛さんの顔をしっかりと見つめることができた。

「今の愛さんは、ありもしない妄想《もうそう》にビビッてるだけなんだ。稲村の喧嘩狼は——俺の彼女は、自分の妄想《もうそう》なんかにビビッたりしない。そうじゃない？」

「大……」

愛さんもじっと目を見返してくれた。

「どうかな？　催眠術を解くにしても、そんな逃げるみたいにじゃなくてさ……」

「…………」

「格好いい愛さんのまま、立ち向かうことはできないかな？」

「…………」

「愛さん！」

「……ぷっ」

とたん、俺を見つめていた愛さんの表情が崩《くず》れた。

「あっはははっ」

笑い出す。

「あはははははっ。なにマジになってんだよ、大」

「え……え、え～～～～～」

指摘《してき》されるまでもなく、今のはかなり真剣に告げたつもりだったので、毒気を抜かれてしまった。

「あはは。玉子サンドだぞ。玉子サンド。べつに作れなくたって死ぬわけじゃねーだろ」

いまだ大笑いしながら。

振動するお腹を押さえ。

目尻に少しだけ涙を溜《た》めて。

愛さんはまっすぐに、俺を見返してきた。

「ああ、そうさ。アタシは稲村番長、辻堂愛だ。玉子サンド作るくらいワケねーさ」

「うん」

番長としての力強さ。

それを見せられては、俺も頷くしかない。

「でも……な」

けれど、その表情を最後まで続けず、愛さんは少しだけ表情を緩《ゆる》めて俺に言う。

「おまえの彼女としての……あれだ、大がアタシになってほしいっていう、不良じゃない普通の彼女のほうはさ……」

胸の前でもじもじと手のひらを合わせ、ちょっとだけ視線を横にそらして、愛さんは小さくつぶやいた。

「なんていうかさ……その……もちっと勇気がほしいっていうか……」

なるほど。了解。以心伝心《いしんでんしん》。すべて伝わった。

そう思った瞬間《しゅんかん》、俺の両手は彼女の肩をつかんでいた。

「任せて」

「うわっ。たしかにそういう意味で言ったんだけど、なんでもう満面の笑みで近づいてきてんの！」

「そういえば、一番近くに一番おいしいものがあったのをすっかり忘れてた」

「こ、こら。やっぱ今のなし！　そういう雰囲気《ふんいき》だったから、つい言っちまったけど、大がそういうふうに来るならなし！」

「だめです」

「だめって……こ、こら、エロい顔近づけんな〜！」

「前から思ってたけど、愛さんって攻められるとけっこう弱いよね」

「ばか、アタシは喧嘩無敗の辻堂愛だぞ！　そのアタシにむかって……ひゃうんっ！」

「勇気を……あげるよ」

「なに、今さら真面目くさってんだよっ！　本当はアタシにエロいことしたいだけじゃねーかっ！」

「うん。まあ。はい」

「認めんな！」

仕方ないじゃないか。愛さんがかわいいんだから。

「いただきまーす」

「ばかぁっ！」

罵倒を吐き続ける唇を、唇でふさいでしまう。

「んむっ……！　んっ……んっ！　んんぅ……!!」

舌を絡《から》める。

ドンドンと胸を叩《たた》かれた。

「んっ!?　んんぅっ！　ん、んぅ……」

けれど抵抗していた彼女も、やがて徐々に、弱気に舌を絡め返してくれて。

涙目で俺の様子をうかがう彼女の表情が間近に見えて、唇が離せなくなってしまう。

「はむ……んぅ……ん〜……」

腕の中でだんだんおとなしくなっていく彼女が、俺には愛《いと》おしくて仕方ない。

「はふ……ふは……はぅん、ん、んん……」

「……ぷは……」

唇を離す。

愛さんの瞳はすっかり蕩《とろ》け、頬は夕陽よりも赤くなってしまっていた。

「や……こら、大……キスだけじゃなかったのかよ……」

「愛さんの顔見てたら、止まらなくなってきちゃった」

腰を抱く腕に力がこもる。

むぎゅっ。

反対側の手は、愛さんの一番やわらかい部分に移動していく。

「やめ……ひゃ……声、出ちゃうだろ……」

「うん。気持ちいいと出ちゃうよね」

「おまえ、それわかってて……またクミが来たら……」

「そこは葛西さんも空気を読んでくれるんじゃないかな？」

「ク、ミがこんなときに空気読めるなら、アタシも苦労は……」

「じゃあ、声が出ないように、もう一回、唇ふさいじゃおう♪」

「ば、かぁ……んむっ……」

ふたたび唇を貪《むさぼ》り、口内粘膜《ねんまく》を味わっていると、愛さんの身体から力が抜けていくのがわかる。近くで見れば、瞳にはとっくに涙が溜まっていた。

「ちゅ、んちゅ……ちゅるっ、ちゅ……」

胸を押さえていた手が、愛さんの服の中へと潜《もぐ》る。

腰を支えていた手もお尻へと下がっていく。

「んっ……！」

指先がお腹に直接触れると同時に、愛さんの身体はぶるっと震えた。

「……ぷぁ……」

その拍子に唇が離れる。

「それじゃ、愛さん」

「ふ……んぁ……はぁ……」

呼気を荒くして愛さんが俺を見つめる。

「お先に愛さんをいただきますってことで」

「…………ばか」

「え、なに？」

「ンの……ばかぁっ！」

ゴチン！

「いただきますには、まだ早ぇえってんだよ！」

「ぎゃあああああっっ！」

なるほど。こういうのは、殴られるまでがお約束ということらしい。

☆　☆　☆

でもって今回のオチ。

「作った」

「早っ！」

その日のうちに家庭科室を占拠《せんきょ》した愛さんは、葛西さんをお使いに出し、玉子サンドを作り上げてしまっていた。

完璧……といったら怒られるような出来ではあるけど、前に愛さんが作ったことのある、オムレツを特製ソースと一緒に挟《はさ》んだだけの簡単な玉子サンドだ。

「また作れるようになったんだね」

「ああ。催眠術なんて、気合でなんとかなるからな」

「そっかぁ」

気合で本当に解いたのか、それともいまだかかったまま、恐怖心だけ乗り越えたのか。それはわからないけど、愛さんの気持ちは落ち着いてくれたらしい。

「解けたってことは……じゃあ、料理の腕は？」

「くっくっく。大。おまえはこれから、このアタシのすごさを知ることになるぞ」

そうか。城宮先生が言っていたけど、催眠術にかかっていてできることは、もともとできるってことだ。

だったら肉じゃがを作ったときの愛さんの料理は、潜在的には作れるはずのモノ、ということになる。

「うわぁ、楽しみだな」

これはとんだ棚《たな》から牡丹餅《ぼたもち》だ。

「大はそこで見てろ。玉子サンド＋すっげぇ美味《うま》いメシでおまえをビビらせてやる！」

手早くエプロンを見つけた愛さんは腕まくりをして、ガスコンロの前に立った。

弱気を克服し、ほかの料理も覚えて完璧な料理の達人になった辻堂愛。

その真価が今、問われる！

そんな気分で愛さんを見つめる。

「オラオラオラオラオラァッ！　中身全部ぶちまけたらぁ！」

「セイヤッ！　オラァッ！　さっさと沈みやがれっ！」

「ずいぶんてこずらせてくれたじゃねぇか。だが、こいつで終わりだっ！」

……ん？　あれ？

聞き覚えのあるフレーズに、ちょっとだけ不安になってくる。

「あの……もう放課後なのに、なにをされているんですか？」

「あ、委員長」

珍《めずら》しく放課後に残っていた委員長が愛さんの声でも聞きつけたのか、家庭科室の入り口から顔をのぞかせていた。

「愛さんが料理を作ってくれるって」

「へぇ。そうなんですね……」

委員長の視線が、チラリと料理中の愛さんに向く。

「……あれ？　催眠術、解けたんですか？」

「うん。自力で解いたって」

「ああ、なるほど。それで……」

委員長の視線を追う。

うん。解けたというだけあって、かなり大雑把な動きをしているようにも見える。

「でも、ほら。催眠術で覚えた料理は、忘れないんじゃないの？」

「ええ。教えたとおりにやってくれるなら、大丈夫のはずですけど」

委員長は不安そうなまま、愛さんの動きを注視していた。

「ぜんぜんできてないですけどね」

「マジで？」

「はい。わりとマジで」

不安は的中していた。

「もともと催眠術はきっかけでしたし、武孝田さんの教えかたは、かなりうまかったですから
ね。下ごしらえなんかも、ほとんど武孝田さんがやってくださいましたから」

「え？　じゃあ、愛さんはなにを作ったの？」

「大雑把なところを催眠術で治してもらったので、普通に炒《いた》めたり煮たり焼いたり……あと盛
り付けを」

「味付けは⁉」

「私と武孝田さんですけど」

「なっ⁉　バカな⁉　こんなことになるなんて聞いてねぇぞ⁉」

キッチンからおかしな声が聞こえてきた。

「え、じゃあ、愛さんのお弁当がおいしかったのって……」

「ああ……武孝田さん、下ごしらえ済みの食材を冷蔵庫《れいぞうこ》にたくさん残していったようですから……」


「チクショオオォォオオォォォォォォオオオオッッッッッ!!」


ボウンという爆音がして、家庭科室は黒煙に包まれていた。

「なるほどね……だから催眠術が解けたら……こうなると」

「けほっけほっ……まあ、このほうが辻堂さんらしいですけどね。教え甲斐《がい》がありますし」

親友の失敗を目の前にしているというのに、委員長はじつにマイペースだった。

これを日常茶飯事として受け入れてしまっているところが、恐ろしい。

「げほっげほっ……ううぅ……失敗したぁ……」

涙目になった愛さんが、黒煙の中から姿を現す。

目が合った。

「ち、違うからな！　こんなのたまたまだ！　次は絶対成功させるから！」

「あ、うん。あんまり無理しなくていいからね」

「うるせぇ！　変な同情すんな！　うおおおおおお！」

愛さんがわざわざ黒煙の中に戻っていく。

本当に無理をしなくてもいいのに。

「お掃除《そうじ》、手伝いましょうか？」

「いい。ふたりでやって帰るよ」

委員長が帰っていく。

それを見送ってから、俺は最初に作ってもらった玉子サンドを手に取った。

黒煙の中で、愛さんはいまだ格闘中だ。

下手に手伝っても怒られるだけだし、しばらくは見ているくらいしかやることがない。

ぱくりと、玉子サンドを食《は》む。


「うん。おいしい」

いかにも愛さんの手作りっていう味がする。

今はこの玉子サンドだけでも十分幸せだ。

俺たちは急がずゆっくり、こういう味を増やしていければいいんだろう。

そのひとつひとつの味に、きちんと思い出を作りながら。

「チクショオオオオ！　辻堂さんのお料理ロードは、まだまだ終わらねーんだからな！」

耳に心地よい彼女の声が聞こえてくる。

俺のためにがんばっている彼女の姿が見える。

そして俺は——彼女の作った玉子サンド味わって。

それは、とても贅沢な放課後の過ごし方だった。

〈辻堂さんのお料理ロード　おしまい〉

辻堂さんの純愛ロード

第2話

「実は私サバゲー大会で稲村の死神と呼ばれたお姉ちゃんだったの」

「片瀬恋奈《かたせれんな》ァ！　往生《おうじょう》せいやぁっ！」

今や湘南《しょうなん》のヤンキーの半数近くを掌握《しょうあく》するに至った江乃死魔《えのしま》の総長にして、三大天のひとり、数多《あまた》の戦いを潜《くぐ》り抜けてきた『血まみれ』片瀬恋奈といえども、他人から銃口《じゅうこう》を向けられたのは、さすがに初めての経験だった。

「かはッ！」

湘南の空に、一発の銃声《じゅうせい》が鳴り響《ひび》く。

想像よりも小さな音ではあったが、それでも放たれた弾《たま》は間違いなく恋奈の喉元《のどもと》に命中していた。

致命傷だった。

——それが本物の銃《じゅう》であれば。


「やっべ。セミオートだった」

迷彩服にガスマスクという、いかにもなＢＤＵ《バトルドレスユニフォーム》に身を包んだ男が恋奈を視界に収めながら、慣れた手つきで自動小銃をいじる。

小さな音がして、スイッチは簡単に切り替えられた。

彼も理解はしているのだ。三大天、片瀬恋奈がただの一発で倒れるはずがないことは。

「っ……痛たぁっ！」

誰もが予想したとおり、喉元を押さえ、よろよろと後退しながらも、恋奈は倒れはしていなかった。

弾の当たった場所が赤く腫《は》れ、ちょっぴり涙もにじんでいるが、闘志《とうし》はいまだ瞳《ひとみ》に宿《やど》ったままだ。

「痛くない！」

みずからを鼓舞《こぶ》するようにそう叫んで、背筋《せすじ》を伸ばす。

それで本当に、さっきの一発がなかったことになってしまったかのようだった。

「そんなわけあるか！　ＢＢ弾でもフルオートで喰《く》らえば、タダじゃすまねぇぞ！」

モーター音を鳴り響かせて、今度こそＢＢ弾が雨あられと恋奈に降り注いでいく。

「痛たたたたたっっっ！」

狙《ねら》いどころは決めているのか、銃弾《じゅうだん》の雨は特攻服に覆《おお》われていない腕《うで》や太もも、喉元に集まっていく。軽量のＢＢ弾とはいえ秒速にして八〇Ｍ以上、時速にすれば二八〇ＫＭ以上の速度で撃《う》ちこまれるプラスチック弾が痛くないはずはない。

「うわあっ！」

その威力《いりょく》に押しこまれるように、恋奈の身体《からだ》は今度こそ倒れる。

「やったか⁉」

それでも恋奈は立ちあがっていた。

「いや、痛いだろ!?」

「痛くない！」

撃ったことも撃たれたこともあるだろう彼には、その不死身っぷりは恐怖の対象ですらあっただろう。ガスマスクのおかげで驚愕《きょうがく》の表情こそ見せずにいるが、彼は気迫で恋奈にすでに負けていた。

「き、貴様っ！　ゾンビ行為はマナー違反だぞ！」

「なんで私たちがアンタらのルールに付き合ってやらなきゃなんないのよ！」

拳《こぶし》を固め、大きく腕を振り上げて、ミリタリージャケットの上から腹部を狙う。ガスマスクの男は間一髪《かんいっぱつ》でそれを避《よ》けると、そのまま恋奈から大きく距離《きょり》を取った。

「ちっ。腰越《こしごえ》や辻堂《つじどう》のバカみたいにはいかないか」

けれど言葉とは裏腹《うらはら》に、顔の前まで拳を持ってきた恋奈は凶暴《きょうぼう》に笑っていた。

これで一年生。

半年たらずで湘南最強の『湘南ＢＡＢＹ』を傘下《さんか》に納め、湘南支配に乗り出した女の凄《すご》みだった。

「さっすが恋奈様。不死身っぷりが半端《はんぱ》ねぇっての」

「……ッ!?」

ガスマスクの男は、すでに囲まれている自分の状況を認めないわけにはいかなかった。

背中に触《ふ》れた岩のような感触。硬《かた》く、高くそびえた、大岩。そんなものが意思を持って大暴《おおあば》れするのだとしたら、それはもう怪物以外の何物でもない。

「し、七里《しちり》の怪物っ……⁉」

「一条《いちじょう》宝冠《ていあら》だっての！」

頭上から振り下ろされた拳で、ガスマスクがへこむ。

二メートルに及ぼうかという大女。

それが恋奈のチームの特攻隊長、一条宝冠であった。

それで男は倒れた。

「バカな……俺たち、最強の軍隊……が……」

「およ？　なんだ、こいつら？　一発食らっただけでやられたっての」

「……余力があったとしても、俺たちはルール違反はしないのだ……。兄弟……あとは……頼んだぜ………ヒット」

男はそのまま倒れ続ける。

「はあ？　軍人ってのはよくわかんねえっての」

「どっちかっていうと、軍人より任侠《にんきょう》ものだったシ」

宝冠の陰《かげ》から現れたのは、鎖《くさり》を手にした小柄な少女だった。

彼女もまた、恋奈、宝冠と同じデザインの特攻服を身にまとっている。

「とりあえず、武器は奪《うば》っておくシ。またれんにゃが狙われたらあぶないシ」

少女は無人の野を行くように、無造作《むぞうさ》にガスマスクの男に近づいていった。

「もらったシ！」

男から自動操銃《じどうそうじゅう》を取り上げようと、少女は銃に手をかける。

「……重いシ」

「あはは。ハナが持つには銃はちーっと重いっての」

「違うシ！　こいつが離《はな》さないだけだシ！」

「お？　そうなんか？」

「……人の装備を奪うのはよくないぞ、うん」

ハナと呼ばれた少女の指摘《してき》とおり、倒れた男は銃を握《にぎ》っていた。

一発当たったら脱落というルールは律儀《りちぎ》に守っても、武器を奪われるとなれば、死体のフリもし続けられなかったのだろう。

メディック戦と呼ばれるルール下でもなければ、死体はその場から戦線に復帰しない。

そんな説明をすることも、今この場では無意味なことだ。

コキン。

「はいはい。ルール守るんなら、死体が抵抗するのもよくないっすよねー」

「あ……？　あ……あああぁっっっ！　て、手首、ほ、骨《ほね》、外れたっ！」

いつの間にそこにいたのか、男の手首をぷらぷらと弄《もてあそ》びながら、巻き毛のギャルが屈みこんでいた。彼女もまた、ふたりと同じ特攻服だ。

「おう、梓《あずさ》。そっちはもう終わったんか？」

男の悲鳴など意にも介さず、宝冠がギャルに尋《たず》ねる。

「いや、なんで残り全部自分が担当なんすか。嫌っすよ」

梓はしれっと宝冠に答えた。

「それよりこいつら、バカな自分ルールで戦ってるみたいなんで、ティアラセンパイ、全員に一発ずつ入れてきてくれませんか？　自分、とどめだけ刺して回るんで」

「よっしゃ、任《まか》せろってのっ……って、それはラクしすぎだっての！」

「あ、気づかれたっす」

「きゅう……」

「あれ？　いつの間にかハナセンパイが気絶してるっすね」

「そらおまえ、目の前で手首外れるの見たら、びっくりするっての」

「弱っ⁉　ハナセンパイ、弱っ！」

「宝冠、梓、もういいわ。こいつらも誰が支配者なのか理解したみたいだから、戻ってきなさい」

呼びかける恋奈の声に、宝冠、梓は体を起こす。

それからそのまま気絶したハナを抱きかかえ、恋奈のそばに合流。

動作は緩慢《かんまん》であったが、彼女たちを行かせまいとする銃声はひとつもなかった。

「というわけで」

幹部たちを背後に控《ひか》えさせて（一名気絶）、恋奈は迷彩服の男たちの前に立つ。

「さあ、これでわかったでしょう。アンタたちに勝ち目はないわ。そこにひざまずいて、仲間に入れてくださいと言えば許してあげる」

恋奈は腕を組むと、口角《こうかく》を吊《つ》り上げて笑って見せた。覗《のぞ》き見える歯は、まるで獲物《えもの》を目の前にした肉食獣《にくしょくじゅう》の牙《きば》のようだ。

野獣の眼光で迷彩の有象無象《うぞうむぞう》を見下ろし、彼女は告げる。

「アンタたちも、私たち江乃死魔の一員になりなさい。チーム鎖刃鯨《サバゲー》」

湘南の夏は、まだまだ暑くなりそうだった。

☆　☆　☆

「おはよう、ヒロ」

目を覚ますと、ベッドの中にはあたりまえのように、姉、長谷《はせ》冴子《さえこ》が入りこんでいた。

妙に寝心地がいいから、なぜだろうと思っていたが、これが回答だったというわけだ。まだしょぼしょぼする目を擦《こす》りながら、俺──長谷大《ひろし》はにこやかに自分の寝顔を見つめていたのだろう最愛の姉に微笑《ほほえ》みを返す。

「おはよう、姉ちゃん」

「もう、お寝坊さんなんだから。ヒロがあんまり起きないもんだから、いっぱいキスしちゃったわよ」

「えー」

意識《いしき》が覚醒《かくせい》する。

寝ている間にキスとか、そういうのはどうかと思う。

「起きているときにしてくれないとつまんないよ、姉ちゃん」

「だってヒロの寝顔を見てたら、我慢《がまん》できなくなっちゃったんだもの」

悪いのはヒロだ、と言わんばかりに、姉ちゃんは顔のいろいろな場所をつんつんと突ついてきた。もしかしたら、そこがキスされた場所なんだろうか。寝ている間にされたキスを想像すると、口元が自然とほころんでしまう。

「じゃあ、姉ちゃん。今は我慢できるの？」

「んー……」

姉ちゃんはじろじろと俺の顔を見る。

「我慢できなーい」

ちゅー。ちゅっ、ちゅっ、ちゅっ。

おでこに、頬《ほお》に、鼻《はな》に、口に。

姉ちゃんは楽しそうにキスの雨を降らせてくる。

「俺もできなーい」

ちゅっちゅっちゅっちゅっちゅちゅちゅー。

キスをする。

「ぷはー」

うん。朝から姉ちゃんを堪能《たんのう》してしまった。

時計も見なかったけど、時間とか大丈夫なんだろうか。

「さて。そろそろ登校時間じゃない？」

先生モードじゃないのに、ちゃんと時計まで気にしていてくれるところは、さすが姉ちゃんだった。

「あ。もうそんな時間なのか」

「そうよ。だから早く朝ご飯食べないと」

「このまま姉ちゃんを食べていたいなぁ」

「だめよ。はい、ちゃんと起きて」

「はーい」

俺はすっかり姉ちゃんの言うなりだった。

「すぐに準備するから、姉ちゃんはシャワーでも浴びてて」

「ん。ありがと。そうするわね」

姉ちゃんが部屋を出ていく。


姉ちゃんと恋人になって、十数日。

姉ちゃんと一緒に育って十数年。

飽《あ》きるどころか、好きって気持ちはどんどん大きくなっていた。

だってきっと。たぶん俺の初恋は姉ちゃんで。

そして今、俺は初恋の人と仲睦《なかむつ》まじく暮らしているのだから。

幸せでないはずがないのだった。

☆　☆　☆

ジャージと下着を無造作に洗濯《せんたく》かごに放りこんで、浴室に入る。

シャワーの蛇口《じゃぐち》をひねると、水は十数秒ですぐにお湯になって湯気を立て始めた。

「ふぅ……」

ヒロのぬくもりをお湯で洗い流してしまうのは、もったいないとは思う。

けれど、みんなにやさしい長谷先生でいるためには、ヒロの香りやぬくもりはちょっと刺激《しげき》が強い。一日中、ヒロの香りに包まれていたら、どうなってしまうんだろうと不安になったこともあるくらいだった。

――それはそれで、一度は試してみたいとも思わなくはないのだけど。

ヒロに触《さわ》られた身体に手をやるたび、その瞬間《しゅんかん》のことが思い出されて、心臓《しんぞう》が高鳴るのがわかる。

「ふふ。ふふふ。ふふふふ」

愛されてるなぁと思う。

だからこそ、だ。

シャワーを止める。濡《ぬ》れた肌《はだ》の上を滑《すべ》るように、水滴《すいてき》がいくつもこぼれ落ちた。

「マンネリ防止のためにも、そろそろ新しい刺激も用意してあげないとね」

なにしろヒロは若い男の子。新しい刺激に飢《う》えているに決まっているのだから。

☆　☆　☆

「辻堂────────────っ！」

今日もまた、刺激的な朝であった。

俺の通う稲村《いなむら》学園。その校庭から校舎の中の俺たちの耳に届いたのは、どすの利《き》いた女性の声だ。

この声の主はたぶん、江乃死魔の片瀬さんだろう。

つまり、また片瀬さん率《ひき》いる江乃死魔が、辻堂さんに喧嘩《けんか》を売りにきたということだろうかと、休み時間の教室で俺はぼんやりとそんなふうに思っていた。

「……チッ」

呼ばれた辻堂さんは苛立《いらだ》ったように席を立つ。

怖いが人に迷惑《めいわく》をかけることを嫌う硬派な人だ。

そんな辻堂さんが動いたのなら、もう任せておいて大丈夫。

そういう信頼はある。

「おいおい、なんだあれ？」

だが、窓《まど》に駆《か》け寄って外を見たクラスメイトの声だけは、さすがに気にせざるをえなかった。

「なんか軍隊がいる！」

さすがに、その内容は無視できない。

「軍隊？　私設軍隊ということか？　言っておくが、厳密《げんみつ》な意味で、この国に正規の軍隊はないぞ。言葉は正確に使うようにな」

ヴァン――友人の坂東太郎《ばんどうたろう》も興味をそそられたのか、窓際に集まっていたクラスメイトたちを見やる。

「坂東くん。あそこにいるのは、外国の軍隊っぽいよ」

「バカな。それが本当なら大問題だろう」

そう言われて、ヴァンはクラスメイトの頭越しに外を見た。

そうなると、さすがに俺も気になって、窓の外を見たくもなる。

「ひろ、見るか？」

「サンキュ」

ヴァンに場所を空けてもらって外を見た。

そこにいたのは――。

「あれ？　片瀬さん……じゃない？」

なんだか違う人たちだった。

片瀬さんの声がしたから、江乃死魔だとばかり思ったのに。

校庭に集まっていたのはクラスメイトの言うとおり、迷彩服に身を包んだ男たちだった。持っている武器も装備もバラバラ。たしかに軍人っぽいのもいるけれど、警察《けいさつ》の特殊部隊風もいれば、装備も迷彩もバラバラなゲリラみたいな人の姿もあった。共通点と言えば、全員が銃を持っているということだけだ。

「……誰なんだろう、あれは」

「ありゃ、サバゲーマーかもな」

最初に声を上げたクラスメイトがそう言った。

「サバゲーマー？」

「ああ。俺、昔、サバゲーやってたからわかるけど、あの無国籍《むこくせき》っぷりはサバイバルゲームのプレイヤーかもしれないぜ」

「サバイバルゲームって……戦争ごっことかする人たち？」

「バカ野郎。サバゲーをごっこ遊びと一緒にするんじゃねぇよ。サバゲーってのはなぁ、金と常識《じょうしき》を備《そな》えた大人だけに許される高尚なスポーツなんだぞ」

怒られてしまった。

「悪い悪い。で、あれがその人たちってわけ？」

「……あれ？　違うかな？」

うん。彼らが常識的な大人なら、授業が始まろうとしているこんな朝から学園の校庭を占拠《せんきょ》して集まってくるはずがない。

「じゃあ、何者なんだろう？」

「武器マニアの集会かな？」

「ひろ、伏せろ！　やつら撃ってくるぞ！」

唐突《とうとつ》なヴァンの警告《けいこく》。目の前で窓が勢《いきお》いよく閉まり、そして——。

「ちょっ！」

台風の日に窓に打ちつける雨のような勢いで、ガラス窓が叩《たた》かれた。人ではなく校舎を狙っての威嚇射撃《いかくしゃげき》のようだが、それでも窓の向こうからバチバチという激《はげ》しい音がすると、教室のあちこちで悲鳴が上がる。

「ヒャッハー！　いいぞベイベー！　見てんじゃねーぜー！」

「逃げるやつは稲学生だ！　逃げないやつはよく訓練された稲学生だ！」

「ホント戦場は地獄《じごく》だぜ！　フゥハハハーハァー！」

校庭から校舎に向けて銃を乱射したと思しき男たちは、騒《さわ》ぐ俺たちを見て大喜びしているみたいだった。悪びれた様子なんてまるでない。

「これはひどい。警察を呼ぶレベルだな」

「うん、違う。サバゲーマーはあんなことしない」

クラスメイトたちは、今の掃射《そうしゃ》ですっかり怯えきってしまっていた。野次馬《やじうま》として窓の向こうで校庭を見続けるのさえ、恐怖を乗り越えなければならないらしい。

「テメェら！　いいかげんにしやがれ！」

そのとき、校舎全体から「わっ」という声が漏《も》れた。

俺が聞き間違えるはずはない。

それは、さっき教室を出ていった辻堂さんのものだった。

「出てきたわね、辻堂」

相対するのは、やはり女性の声。

これも聞き間違えじゃない。やっぱり片瀬さんの声だ。つまり——。

「おい、ひろ。窓の近くに行くな。あぶないぞ」

ヴァンの制止を振り切って、校庭を見下ろす。

俺は今度こそ、迷彩服の男たちの中に特攻服の片瀬さんの姿を見つけていた。

「恋奈。前からバカだとは思ってたが、こんなにバカだとは、さすがに驚《おどろ》かされたぜ。どうやら、バカは殺さなきゃ治らねーみたいだな」

「はっ。口だけは威勢《いせい》がいいわね、辻堂」

威圧感《いあつかん》たっぷりの辻堂さんの言葉。

けれど片瀬さんは堂々とした態度《たいど》で、それをいなしていた。

喧嘩上等な辻堂さんやマキさんと違い、統率力のみでのし上がったとはいえ、片瀬さんも湘南三大天の一角。あの辻堂さんを正面から睨《にら》み返しているところは、さすがだ。

「恋奈様、こいつひとりで出てきましたぜ。もうやっちまいましょう」

ガスマスクの男が、片瀬さんの後ろでショットガンをコッキングする。

「バカっ、なにしゃしゃりでてんだ！」

だけど。

「ああン⁉」

辻堂さんの鋭《するど》い眼光が、恋奈さんの率いる江乃死魔の雑魚《ざこ》たちに向けられる。

「ひいっ⁉」「うお⁉」「っく！」

一睨みで軍勢《ぐんぜい》を黙《だま》らせる辻堂さんもまた、カリスマ溢《あふ》れるヤンキーだ。

相手がどんな武器で武装していようが、それが格下のヤンキーである限り、彼女はものともしない。まさに覇王《はおう》って感じだった。

「どうした？　人の庭を荒らしに来ておいて、今さらビビッてんのか？」

辻堂さんが一歩踏《ふ》み出す。

それに合わせて波が引くように、江乃死魔の雑魚も一歩下がった。

必然的に、片瀬さんが全体より前に出る格好になる。

「フッ……さすがね。雑魚じゃどれだけ集めても勝てないわけだわ。だけどね……」

片瀬さんは腕を組み、目を閉じた。

「アンタたち、怯むんじゃないわ！」

閉じていた瞳が、くわっと開かれる。

辻堂さんが喧嘩のカリスマならば、片瀬さんもまた統率のカリスマ。

彼女が話すとき、有象無象《うぞうむぞう》はすべて彼女に注目してしまう、言葉に聞き入ってしまう。

だから彼女の語る言葉は、見るものの心に強く染みこんでくる。

「人は自然界で生き残るために、さまざまな道具を生み出してきた！」

彼女が始めたのは演説だった。

彼女の視線は辻堂さんをも通り越し、校舎にいる俺たちに向けられている。

「火、石槍、石斧、木刀、銅剣、鉄剣、弓矢……人は武器を生み出すことで、獣《けもの》に立ち向かう力を得、やつらとの生存競争に勝利した！」

片瀬さんの声が、学園中に朗朗《ろうろう》と響き渡る。

辻堂さんでさえ、彼女の演説を止めはしない。

聞き入らせるという点において言えば、彼女に並ぶものは湘南にはいないのだろう。校長先生なんて足元にも及ばないな、と、よけいなことを考える。

その彼女が告げる言葉。

それはまるで唯一無二の真実であるかのように心に届いた。

「猛獣《もうじゅう》を打ち倒すための武具。その最高峰《さいこうほう》が、火器——銃だ！」

片瀬さんは、雑魚のひとりから自動操銃を奪った。

その銃口を彼女は空へと向ける。

「銃はどんな弱者であっても、一律に、公平に、平等に、無造作に、獣を仕留める力を与えてくれる。必要なのは引き金を引く度胸だけ」

バスンという音がして、BB弾が空へと撃ち上げられた。

「そんな銃が無数にあったのなら――それはもう軍隊！　そう、江乃死魔はすでに群《ぐん》から軍へと昇格した！」

片瀬さんの主張に、おおーっ！　と野太い声が返ってくる。

雑魚たちの、辻堂さんの一睨みで下がっていた一歩がふたたび前に進む。

やはり彼女は扇動《せんどう》がうまい。

「こいつは喧嘩じゃない。狩りよ。野生の獣を一方的に撃って、嬲《なぶ》って、蹂躙《じゅうりん》するだけの簡単な仕事」

銃を雑魚に突き返し、片瀬さんはふたたび悠然《ゆうぜん》と腕を組む。

「辻堂、言い残すことはある？」

最後通牒《つうちょう》だとでも言わんばかりに、片瀬さんは辻堂さんに語りかける。

対する辻堂さんの返答は簡潔《かんけつ》だった。

「話がなげー」

「殲滅《せんめつ》せよ！」

まるで映画のワンシーンだった。

片瀬さんの指示で、迷彩服の男たちがいっせいに銃を構《かま》える。

狙いは辻堂さんただひとり。

いくら本物の銃ではないとはいえ、あの位置から校舎まで勢いよく飛ぶほどの威力のある銃弾を至近距離で浴びてしまったら。

湘南一のヤンキー、喧嘩狼の愛《あい》とはいえ、銃撃戦を想定しているはずがない。

それはじつに危険な行為に思えた。

「愛さんっ！」

校舎から、辻堂さんの舎弟である久美子さんたちが駆け出してくる。

だけど遅い。

片瀬さんの命令はすでに下ってしまっており、狙《そ》撃手《げきしゅ》たちは、もはやほんのちょっと人差し指に力を入れればいいだけの状態《じょうたい》になっているのだ。

今さら止めようは——。


「ストップ、やめなさい！」

その一声で、全員の体がビクリと震《ふる》えた。

狙撃手たちの動きも止まる。まるで、より上位の指示によって命令を書き換《か》えられてしまったロボットのようだ。

「あなたたち、ここは稲村学園の校庭です。非常識《ひじょうしき》な真似《まね》はやめて、すぐに撤収《てっしゅう》なさい」

その声の主こそ、誰あろう。

ほかの誰が間違えたとしても、俺だけは決して間違えない。

俺の姉ちゃん——長谷冴子のものだった。

姉ちゃんの乱入は、辻堂さんや片瀬さんたちのみならず、当然のように教室の中をもざわめかせていた。

不良同士の喧嘩に教師が出る。チンピラ同士の喧嘩ならそれでも終わるだろうが、相手は五〇〇もの兵隊を率いる江乃死魔だ。しかもエアガンとはいえ武装している。教師ひとりでどうにかなる相手ではないはずだった。

「おい、あれ、長谷先生じゃ……」

クラスメイトの誰かが、はっきりとそう言った。

不良同士の抗争に姉ちゃんが巻きこまれるかもしれない。

そんなことを想像したら、いてもたってもいられなくなってしまう。

「……ッ」

「お、おい、ひろっ！　戻れ！　おまえが行ってどうなる！」

背後からヴァンの心配の声が届く。けれど俺の足は止まりはしなかった。

「サバゲーは、サバゲーフィールドで！」

校舎から飛び出してもなお、姉ちゃんの説教は続いているようだった。

たしかに姉ちゃんは風紀委員会の顧問《こもん》代理。正規の顧問が不在の今、こういう場で矢面に立つのが役割かもしれないが、さすがに無茶がすぎる。

「姉ちゃん、ストップストップ！」

「ヒロ……じゃなくて、長谷くん。あぶないから教室に戻っていなさい」

「あぶないのは姉ちゃんのほうだって。この場は辻堂さんに任せようよ」

「そういうわけにはいかないわよ。こんなに堂々と敷地《しきち》内に入ってこられたら、学校関係者が対処するのがあたりまえなんだから」

「でも！」

「もう。仕方ないわね。校舎の中が嫌なら、私の後ろに隠れていなさい」

姉ちゃんがこういうときは、なにを言っても無駄《むだ》だ。

だけど、せめて姉ちゃんに危害が及ぶようなことだけは避《さ》けたい。

江乃死魔の人たちはむやみに一般人を傷つけないらしいから、それを信じたいところだけど……。

「へっへっへ。なんだ？　あいつも的になりに来たのか？」

けれど、江乃死魔も一枚岩ではないようだ。

ほかのチームを併合し、急速に大きくなっただけあって、まだ完全な意思統一は行われていないらしかった。

だからこそ、ここは片瀬さんのカリスマに期待するしかない。

彼女にこの場で止めてもらうのを期待するしか。

「……おい、なんだあいつは？」

片瀬さんは、姉ちゃんを見ながら仲間たちになにか話しかけているようだった。

「ん？　先コーだろ？　ちーと邪魔《じゃま》だっての」

「どうします、恋奈様。まとめて撃っちまうのが手っ取り早いと思うんすけど」

「梓、そんなことしたらよけいなトラブルになるシ」

幹部たちの意見もバラバラだ。

「あの、総長。オレ、あの女、サバゲー大会で見たことあります」

ふと、片瀬さんが近くにいた男に顔を向けた。

「そうなの？」

「はい。過去のサバゲー大会で、ひとりで敵を全滅《ぜんめつ》させるほどのヒット率を誇《ほこ》り、出禁になった伝説の女がいまして、それが……あいつだったはずです」

「はぁん」

それを聞いて、片瀬さんは——。

「でもしょせんはスポーツやらゲームの話でしょ？」

一笑に伏した。

「気にすることはしないわ。私たちがするのは喧嘩。それに相手は辻堂——」

「こら、あなたたち、話を聞きなさい！」

姉ちゃんに言葉を遮《さえぎ》られて、片瀬さんは露骨《ろこつ》に嫌な顔をした。

「ちっ、うっせーな」

「だいたいね、銃を手にいれたからって、いちいちはしゃぐなんて、分別のついていない子どもかって話でしょ」

片瀬さんは機嫌の悪さを隠さず、姉ちゃんを見据《みす》える。

退いてくれれば、それでよしというところなのだろうが——。

「銃を持っただけの素人と軍隊を同列に語る時点で、あなたは軍隊というものの本質をわかっていないわ」

姉ちゃんは退《ひ》かなかった。

だから、片瀬さんも部下たちの手前、反論せざるをえなくなる。

「やかましいわよ。アンタになんて用はないから、引っこんでなさい」

片瀬さんは姉ちゃんの説教を、そうやって一蹴《いっしゅう》した。

「サバゲーはサバゲーフィールドで？　はっ、わかってないのはアンタのほうよ。不良が野山を駆け回って健全に遊ぶわけないでしょ」

片瀬さんの背後から下卑《げひ》た笑い声が上がる。

ある種のパフォーマンスでもあるのだろう。

「私たちはべつにサバゲーなんてするつもりはないの。ただ、新しい武器を辻堂相手に試して、ついでに湘南をもらっちゃおうってそれだけなんだから」

そのうえで、片瀬さんは少しだけ声のトーンを落とし。

「だから素人《しろうと》はスッこんでろッ！」

一気に解放する。

「誰が素人だって⁉」


「ヒイッ！」

ビビったのは片瀬さんのほうだった。

「な、なによ、今の殺気……こいつ、ただの先コーじゃない……？」

かつてはガキ大将だった姉ちゃん。育っていく過程でいろいろあったらしいけど、そのころの威勢《いせい》はまだ失われていないらしい。

「そ、総長。まずはこの口うるさい女から血祭りにあげてやりましょう！」

「お、おう！　俺の相棒《あいぼう》もさっきから血を見たがってるんだ！　やってやる！」

相手がただものないと知るや、江乃死魔の内部も慌《あわ》ただしく動き始める。

「ダメだ、やめろ」

「ぐはっ！」

その瞬間、銃を持ち出した雑魚がひとり倒れた。

やったのは——木刀を持ったマスクの女性。

江乃死魔の登場まで湘南最強のチームと言われていた湘南ＢＡＢＹを率いる総災天《そうさいてん》、リョウと呼ばれる女性だったはずだ。

「リョウ、アンタ……」

「これ以上は俺が許さん。威嚇《いかく》であってもあの人に手を出すのなら、俺たち湘南ＢＡＢＹは玉砕《ぎょくさい》を覚悟でちゃぶ台をひっくりかえす側に立つ」

仲間割れ？　やはり江乃死魔はまだ一枚岩ではないということだろうか。

「リョウ。アンタまでそんなことを……」

「恋奈様、こりゃちーっと分が悪いんじゃねーの？」

「恋奈さまぁ。さっきの眼力で、ハナセンパイが気絶してるっすよ～？」

「えへへ……お花畑……」

幹部たちも姉ちゃんには困り果てているようだった。

学生同士、不良同士ならともかく、大人が出てくるのは稀《まれ》なケース。

普通はその時点で逃げるばずだから、それを期待するしかない。

「……チッ。なんなのよ、あの女は」

「恋奈。もう引け」

リョウさんも片瀬さんを説得している。

江乃死魔内部でのトラブルは続いているらしかった。これなら。

「……いいわ。私だって素人に手を出すのは不本意だし、リョウがそう言うのなら、カタギには手を出さないでいてあげる」

「今後もそうしてもらえると助かるな」

片瀬さんの決断に、俺はホッと息をついた。

リョウさん、俺と姉ちゃんを守ってくれたんだろうか？

「(もう。先代……冴ちゃんもヒロくんも無茶しすぎよ)」

けれどそれをたしかめるすべはなく、その間にも片瀬さんは他人事のように状況を見守っていた辻堂さんにビシィッと指を突きつけ、宣告した。

「辻堂。だったらこの女の言うとおり、決着はサバゲーでつけてあげる」

「あァ？　なんでアタシがおまえの提案を呑《の》んでやらなきゃならねーんだよ？」

「べつに私だって好き好んで健全に戦おうとしているわけじゃないわ。アンタの学校の先生の顔を立ててやろうって言ってるだけよ。ことわるっていうのなら、この提案はなし。私の武装集団がアンタたちをこの場で射殺するだけ。流れ弾とかが誰かに当たっても、私たちには知ったこっちゃないしね」

効果的な一言だった。

辻堂さんも一般人が巻きこまれることを快《こころよ》く思っていない。

そういう意味では、双方、このタイミングが引き際になったはずだ。

「……チッ」

辻堂さんが舌《した》打ちする。

それは反論ではないという意味で、了承と同じ行為だった。

「フッ。決まりみたいね」

「アタシらの喧嘩に、関係ないやつらを巻きこむわけにはいかねーからな」

誰かを巻きこまない状況なら、思う存分戦えるということだろうか。

辻堂さんの瞳には、闘気《とうき》が宿《やど》ったかのような印象さえあった。

「よし。それじゃあアンタ。立ち合いとして参加しなさい」

その闘気に当てられていたせいだろうか。

どうやら俺は片瀬さんの声をスルーしていたらしい。

「こら、おまえだおまえ！　長谷大！」

「は!?　俺!?」

呼びかけられて、ようやく片瀬さん率いる江乃死魔に向き直る。

「そう、アンタよ。もし辻堂が当日に勝負を受けなかった場合は、アンタを代わりにボコるから」

「テメェ、大は関係ねぇだろうが！　素人に手を出すんじゃねぇ！」

辻堂さんが怒ってくれた。

「アンタがちゃんと勝負してくれるんなら、なにもしないわよ。べつにさらおうってわけじゃないし」

「……あ、てっきりアジトに拉致《らち》られるのかと思ってました」

「そんな必要ないわ。こっちにはスナイパーだっているのよ。こっそり狙撃《そげき》するくらい、私たちにはいつだってできるの」

怖いなぁ。

けれど、その脅しは辻堂さんには逆効果だ。

「やってみろよ。大になにかあったら、ただじゃすませねぇ」

「いやいや。さすがにやってみろはちょっと困ります」

「ふふっ。そう、その反応で私には十分なの。今からせいぜい銃の扱いでも勉強しておくことね」

片瀬さんは言いながら片手をあげた。

次の瞬間、ガシャガシャガシャッという音がして、チーム全員が銃を下ろし、武装を解除していく。ひとりの命令違反者もいないあたり、統率のカリスマは伊達《だて》じゃなかった。

「次に戦うときは万全の態勢《たいせい》で戦いに臨《のぞ》ませてもらう。そのときが辻堂……アンタの命日よ」

軍隊を従《したが》える威厳《いげん》そのままで、片瀬さんは俺たちのほうも見た。

「それとそこの」

「あら、私？」

姉ちゃんが片瀬さんの声に反応する。

「アンタが提案したんだから、フィールドの手配はアンタがしなさい。経験者みたいだしね。それと……私たちはどんなフィールドでも怖気《おじけ》づいたりはしないわ」

「オッケー。校舎や校庭でやられるよりはいいわ。最高の舞台をセッティングしてあげる」

なんだか好敵手みたいなことを言い出して、片瀬さんと姉ちゃんは微笑《ほほえ》みあった。

「よし……江乃死魔、撤収！」

「サー！　イエッサー！」

人数が多い分、動く際の騒音《そうおん》もすごいものだ。

しかも、迷彩服の男たちは引き上げに合わせてそれぞれにヒャッハーと叫ぶのだから、うるさくてたまらない。

だからこそ。

彼らがすべて撤収したあとは、沈黙《ちんもく》が耳に痛いほどだった。

「あの……大丈夫、姉ちゃん」

江乃死魔が去り、遅れて辻堂軍団も去って。

校庭には俺らだけが残されていた。

怯《おび》えているということはないだろうが、念のために声をかけてみる。

「長谷くん。あなたは授業中でしょう？　どうして勝手に出てきたの」

「うわ……ごめんなさい」

正論を吐《は》かれてしまった。

「で、それよりどうするの、姉ちゃん。サバゲー」

「ああ。でも喧嘩で決着をつけさせるよりは健全でいいわ。もちろんフィールドも当てがあるから大丈夫よ」

姉ちゃんはコクンと頷《うなず》いて、銃を構えるふりをして見せた。

「もちろん審判《しんぱん》も務《つと》めてあげるつもり。ちょっといいことも思いついちゃったしね」

「本当？　もしかして姉ちゃん、サバゲーわかる人なの？」

「ええ、ヒロには隠してたんだけどね」

しれっと姉ちゃんは答えた。

「実は私サバゲー大会で稲村の死神と呼ばれたお姉ちゃんだったの」

☆　☆　☆

「恋奈様。あのまま、やっちまってもよかったんじゃねぇの」

江ノ島、弁天橋《べんてんばし》の下にあるアジトに戻ってきた江乃死魔だったが、やはり一枚岩とはいかないようだった。

幹部でもある一条宝冠が、不思議そうに恋奈に尋ねる。

「ダメよ。辻堂が本気になったら、おもちゃの銃なんてなんの役にも立たないわ。やるだけ無駄《むだ》よ」

手にしていたハンドガンを放り出して恋奈は宝冠に答え、同時に武装集団の存在意義を一蹴した。

それほどまでに辻堂は強い。ＢＢ弾で倒せるような相手ではないとわかっているのだ。

「でも、こいつらはともかく、こいつらの武装はこけおどしにはちょうどいいわ」

「サー！　イエッサー！」

内容に関係なく、迷彩服の男たちは叫ぶように返答した。

今まで軍門に降《くだ》ってきたヤンキーとは違う種類のものたちらしく、恋奈としても少々やりにくくはある。

「特に、ルールの下で戦えることになったのはありがたいわね。問答無用でないってだけでも、私たちにアドバンテージを得たようなものだもの」

「サー！　イエッサー！」

「あれ、そうなんすか？　てっきりあの教師に恋奈様が乗せられたものかと」

「そんなわけないじゃない。すべて計画どおりよ。基本的に喧嘩ってのは勝ち負けがはっきりしない。けどスポーツは違う。明確な勝ち負けがある。その中で、辻堂たちに負けたって気分を味あわせるのは、これからの交渉《こうしょう》においてもすごく有利なのよ」

「サー！　イエッサー！」

「れんにゃってば、あいかわらず悪知恵だけはよく回るシ」

「うっさいわね。計画といいなさい、計画と」

「サー！　イエッサー！」

「西の江乃死魔、東の辻堂なんて言われてるけど、それももうすぐ終わり。私たち、江乃死魔が湘南のトップを獲《え》る！」

「サー！　イエッサー！」

「軍隊は持っているだけじゃ意味がない。効率よく使える者がいなければ有象無象にすぎないのよ！」

「サー！　イエッサー！」

「使い方だって重要よ。威圧、牽制《けんせい》、警告、脅迫《きょうはく》。軍隊や武装っていうのは、戦いに使うばかりじゃないわ。戦争もまた外交の一種に過ぎないって聞いたことがあるはずよ」

「サー！　イエッサー！」

「私はこの力を使って、湘南を支配する！」

「サー！　イエッサー！」

「見てなさい、辻堂愛！」

「サー！　イエッサー！」

「私こそが軍隊を一番うまく使えるんだと教えてあげる！」

「サー！　イエッサー！」

「アンタたち、うっさい!!」

☆　☆　☆

「愛さん、愛さん！　江乃死魔とサバゲーで対決するってマジっすか!?」

稲村学園。

今日はここでもサバゲーが一番ホットな話題になっていた。

「ああ。そういうことになっちまった」

辻堂は特に表情を変えることなく、久美子にそう告げる。

「けど愛さん。オレたちの中にサバゲー経験者なんて……」

「いないのなら、探すしかねぇだろ」

辻堂の言葉に、辻堂軍団のひとりが敬礼した。

「はいっ！　ただいま、全力で調査中です！」

「……そういや、長谷先生、サバゲー経験者なんだっけ」

それを受け、思い出したように辻堂は告げる。

「そうなんすか？」

「ああ。そんなこと言ってた」

「んじゃあ……」

「いや……今回は審判だ。公平性を期すためにも力を借りるのはマズい」

「じゃあ、オレらでなんとかするしかないってわけっすか」

うーんとなる久美子。

しかしながら、こうなってから、まともに意見が出たためしはない。

それ知っているだけに辻堂は、さっさと話を終わらせるのであった。

「ま、なるようになんだろ」

辻堂軍団。ノープランにて、試合準備終了であった。

☆　☆　☆

というわけでサバゲーの日がやってきた。

参加者はすでに迷彩服に身を包み、それぞれの銃を手にしながらも、同じように迷彩服を着こんだ姉ちゃんのレクチャーを受けている。

辻堂軍団からの参加者は、辻堂愛、葛西久美子《かさいくみこ》を中心とした合計三〇名。

江乃死魔からは片瀬恋奈、一条宝冠、田中花子《たなかはなこ》、乾《いぬい》梓、それにサバゲーマーたち二六名の合計三〇名（リョウさんは用事があるらしく不参加）。

数の上では互角だが、経験値の違いは明らかだ。

さて、どうなるのだろうか。

「勝負の方法は、相手の陣地を狙うフラッグ戦を提案します」

審判役を買って出た姉ちゃんが、そう説明をする。

もちろんサバゲー初心者だからのこのメンツに意味が通じるわけがなく、説明は詳細なところまで続けられていく。

「フィールドの端《はし》と端にブザーを用意しました。そこが自軍フラッグの位置となります。フィールドのフラッグの位置から移動を開始して、相手の軍のブザーを鳴らしたほうを勝者とします」

「銃に関しては、持っていない人の人数分の電動ガンをレンタルしておきました。弾はこちらで用意した土に還《かえ》るバイオBB弾を使用してください。服の一部にでも弾が命中したら死亡扱いとなります。その場で倒れるのではなく、ヒットと宣言して安全装置をかけたあと、自軍のセーフティー……待機場所まで戻ってください。あっ、味方の弾でも撃たれれば死亡だから間違えないでね」

「皆《みな》さん、それぞれ衣装にはこだわりがあるようですから、審判としては目を守るゴーグルさえ装着していれば、レギュレーションはクリアとします。その代わりフィールド上では絶対にゴーグルをはずさないように。目に当たったらあぶないからね」

「ルールは以上です。なにか質問はありますか？」

「では……各チーム、作戦立案などの準備が整《ととの》ったら、自軍のブザーを鳴らして合図してください。カメラが設置してあるので、セーフティー内で起こっていることは審判席から確認できます。なのでハメを外しすぎないように。では両軍ともに合図があった瞬間から開戦とします」


一息だが、解説まで終わった。

はたして伝わったのだろうか。いきなり素手での殴り合いが始まらないよう祈りながらも、俺は審判席で、勝負の開始を今か今かと待ちわびることにした。

江乃死魔と辻堂軍団。

その戦いがサバゲーフィールドではどんなふうに変わるのか。それを見られるだけでも楽しみだ。

「それじゃ作戦会議、覗《のぞ》いちゃいましょうか？」

ふたつのチームがそれぞれのセーフティに移動したあと、姉ちゃんはモニターを指差した。

そうか。セーフティーにもカメラが設置してあるって話だから、そこも見られるのか。

☆　☆　☆

「必勝法はあるわ」

江乃死魔チームのミーティングは、完璧《かんぺき》な統制の取れたものになっていた。装備を整えた参加者たちが、じっくりと片瀬さんの声に耳を傾《かたむ》けている。

「戦力を集中し、敵を分断し、各個撃破《げきは》する。これだけでいいの」

片瀬さんは単純にそう言い切った。

「そのうえで地図を見なさい」

テーブルの上に地図を広げる。それはこのフィールドマップだった。

大きく拡大コピーされた地図を拡げ、片瀬さんは紙の上に指を滑《すべ》らせていく。

「おそらく辻堂たちは少数の守備隊を残して、中央の山岳地帯を抜けてくるはず。この山岳地帯が主戦場になるわ」

相手の心理まで読み切って、動きまで確定するような計画。片瀬さんはものすごく満足そうだ。

「だからあえて！ 私たちはその裏《うら》を突く！ やつらがフィールドのど真ん中を突っ切ろうと言うのなら、それをさせてやるわ！ その代わりフラッグは私たちがもらう！」

「あはは。そうっすよね。フラッグ戦とか、マジ自分たちに有利なルールじゃないすか。敵と戦わずに敵陣のブザーを鳴らせばいいんすよね？ そんなの楽勝っすよ」

片瀬さんの立案に、乾さんは全面的に賛成らしい。

「俺には銃とかあんまり似合わないっての。恋奈様、いざとなったら白兵戦もありなんかね？」

「ないわよ、普通は」

「ちょー！　俺っちの戦力半減《はんげん》どころじゃすまないっての！」

一条さんは嘆いているようだが、それは辻堂さんも同条件だ。

「軍隊に英雄はいらないのよ。突出した才能なんて、全体の統制を乱すだけだわ。それぞれが歯車としてきちんと機能するか。軍隊に求められるのはそれだけよ」

「シシシ。それでも突出してしまうのがヒーローだシ」

ハナさんは笑っていた。

「今回の戦いに限ってはハナも戦力よ。ちゃんと使っていくわ」

「今回の戦いに限ってってどういう意味だシ」

やっぱり彼女たちは仲がいいなぁ。

「さあ、はじめるわよ」

☆　☆　☆

「おい、ここの地図ってあんのか？」

「はい、ここに用意してます」

一方、辻堂陣営でも作戦会議は始まっているようだった。

「愛さん、作戦とかどうしましょう。全軍でやつらをボコッちまいますか？」

「ばか。フラッグ戦なんだから、攻撃側と防御側に分かれてないと、敵が来た瞬間に終わっちゃうだろ」

葛西さんの提案を、辻堂さんは一蹴する。

「おおっ！　さっすが愛さん！　喧嘩ばかりでなく、頭脳も冴《さ》えわたってますね！」

「……そりゃどうも」

辻堂さんは地図に目を落とし、嘆息《たんそく》した。

「こういうときに、頼れるやつがいてくれるといいのに」

「任しといてください！　辻堂軍団三〇名、全員、喜んで愛さんの盾《たて》となって命を散らす覚悟です！」

「アホ。盾になるよりフラッグとってこい」

「先制攻撃《こうげき》っすね！　わかりました！」

「いや。ぜんぜんわかってないだろ……はあ」

ふたたび辻堂さんがため息。

「とりあえずクミ。おまえ、攻撃の要《かなめ》になれ」

「マジっすか!?　愛さんじゃなくて!?」

「旗《はた》を取られたら終わりなんだ。守勢《しゅせい》に力を入れないと」

そこまで言って、辻堂さんは言葉を切った。

「だから旗の守りはアタシが受け持つ。攻撃部隊は少数精鋭《せいえい》で」

「少数……精鋭」

「ああ。クミ、おまえんとこに一番期待してるんだから、さっさと終わらせてくれよ」

「はいっ！　な、なんかオレ、今、猛烈《もうれつ》に感動してるっす！」

「はいはい。がんばれ」

辻堂さんはヒラヒラと手を振る。

「ええ！　オレがいりゃ恋奈のアホなんざ、一発で蜂《はち》の巣っすよ！」

「いや。だから旗を奪ってこいって。あと、一発じゃ、蜂の巣にはならないからな」

ツッコミが大変そうだった。

「それで愛はん。作戦っちゃうのは、どういうのにするんで？」

「私たちは全員がサバゲー初心者です。あまり複雑な作戦を立案されても、実行できない可能性のほうが高いのですが」

「ああ。だから、作戦は単純明快」

辻堂さんは辻堂軍団の構成員たちの提案を受け、もう一度地図に指を滑らせる。

「相手の領土との間には、でっかい山と廃墟《はいきょ》みたいな町があるだろ？」

「はい。フィールドの左の半分が山、右半分が廃墟になっていますね。両方ともそこを越えると平原になっているみたいです」

「そう。だから恋奈たちが攻めてくるとしたら、まずはその二か所を制圧してくると思うんだ」

「相手には経験者も混じってますからね」

「うん。だから、アタシたちはあえて山側のルートを捨てて、廃墟の一点突破を図《はか》ろうと思ってる」

「敵を素通りさせるっちゅうことでっか？」

「ああ、山は走破するだけでもそれなりに時間がかかるし、視界も限られる。恋奈たちは幹部も兵隊として突っこませてくるだろうから、全員がサバゲー経験者ってことにはならないはずだ。それをアタシが各個撃破する。敵が集まってくればくるだけ相手の守備も減るから、そこを突く」

「それでは、愛さんひとりに旗を守らせることになってしまいますが」

「それでいい。大丈夫だ、アタシを信じろ」

それで作戦会議は終わったようだった。

俺自身サバゲー未経験だから、それを作戦と言っていいのかはわからないけど、かなりざっくりと簡単な方針だけ決めたって感じだ。

「あの〜すんません、愛さん」

と、葛西さんが挙手をする。

「どうした、クミ。質問か？」

「ええと、今の話、難《むずか》しすぎてオレにはなにがなんだか、ぜんぜんわからねぇんっすけど……」

「……おまえは廃墟の中を突っ切って、相手陣地のブザーを鳴らすことだけ考えてろ」

「おっす！　わかりました！」

「みんな、クミのことも頼む」

「押忍《おす》！」

……なんだか大変そうだった。

☆　☆　☆

最初に聞こえてきたのは、辻堂陣営からのブザーだった。

準備オッケーという合図だ。

呼応するように反対側、江乃死魔陣営からもブザーの音が鳴り響く。

双方が自軍のブザーを鳴らす。開戦の合図だった。

「始まったね、姉ちゃん」

「ええ。そうみたいね」

両陣営が作戦会議を行っている間、審判である俺たちはのんびりと審判用、モニター完備のセーフティエリア（安全地帯）で待機していた。

戦いの過程も、結果さえも、じつのところ、俺たちとは無関係。

同じ学校のよしみで心情的に辻堂さんにはがんばってもらいたいと思うものの、片瀬さんが勝ったところで俺たちにはなんの影響《えいきょう》もない。辻堂さんたちが負けたら処刑とかそういうことでもないので、ゲームを真剣に見守る必要すらなかった。

「姉ちゃん、ジュース飲む？」

セーフティエリアに設置されている自販機を指さして、姉ちゃんに尋ねる。

「ビール……はないだろうから、なんでもいいわ。あ、炭酸《たんさん》じゃないのね」

「了解」

ポケットから小銭《こぜに》を取り出して、自販機でお茶とオレンジジュースを買う。コーヒーもあったけれど、飲むなら自分で煎《い》れたものにしたかった。

「はい、姉ちゃん」

「ん。ありがと」

姉ちゃんの隣《となり》に座って、小高い丘の上から肉眼でフィールドを眺《なが》める。

始まったばかりということもあってか、銃声はひとつも聞こえてこない。

「…………」

「（くぴくぴ）」

「姉ちゃん、サバゲーってこんなに静かなの？」

「んー……そうねぇ」

くぴ、とオレンジジュースを飲みながら、姉ちゃんが首を傾《かし》げる。

「こういう野外のフィールドだと、相手を見つけるのがまず大変なのよ。ヘタに撃つと自分の居場所を相手に教えることになるし」

「なるほど」

「だから、最初はじわじわと相手のエリアに近づいていくことになるわね」

「なんだか時間がかかりそうだね？」

思ったままの感想を告げる。

「そう。だから制限時間とか定めることも多いし」

「えっ、でも今回は制限時間決めてないよね？」

「そ。だから、たーっぷり、イチャイチャする時間があるってことよ」

「ええっ⁉　だけど姉ちゃん、ここ、外だし……」

「ええ。ヒロと外でイチャイチャしたことなかったわよね？」

くす、と笑って姉ちゃんはジュースをベンチに置き、立ち上がった。

熱を持った艶《なま》めかしい瞳が、俺をじっと見つめてくる。

「だって外では姉ちゃん、先生モードだから……」

「そう。人目があるから、なかなか素の状態《じようたい》でヒロとお話しできなくって」

姉ちゃんの冷たい手が、俺の頬に触《ふ》れた。

顔が近い。吐息《といき》が顔にかかる。

「待って、姉ちゃん……こんなところで……」

「こんなところでイチャイチャするために、ヒロを巻きこんだのに気づいてない？」

「えええええっっ!?」

「ヒロは若い男の子だもの。新しい刺激に飢えてるわよね？」

両手で頬を挟まれる。

ま、まさか、この状況って、全部姉ちゃんの手のひらの上……？

姉ちゃんはニコッと笑うと、目を閉じて、俺に顔を近づけた。

「いただきま〜すっ」

「きゃ〜〜〜〜」

抵抗は無意味だった。

☆　☆　☆

「見つけたあぁっっ！　抵抗しても意味ねーから、とっととやられちまえ！」

一方、フィールドでは。

タタタタタタタッ！


「っとぉ！　なんか撃たれてるっての！」

「ティアラセンパイ少しは隠《かく》れようとしてくださいよ。完全に的じゃないっすか」

「おお、すまねぇっての」

廃墟エリアに入ったとたん、鉢《はち》合わせした両チームの主力による遭遇《そうぐう》戦が勃発《ぼっぱつ》していた。両チームともに山岳エリアを捨てたことで、たがいに戦力の一点集中が起こってしまったのだ。

そうなれば必然、敵も味方もほとんどがそこに集まるという地獄のような撃ち合いが始まる。

まさに作戦がかぶったゆえの、事故のような戦闘《せんとう》であった。

「なんかもう……自分、ひとりで行ってブザー鳴らしてきちゃダメっすかねぇ？」

「恋奈様には、なにかあったときのためにふたり以上で動けってって言われてんだろ」

「それはそうっすけど、ティアラセンパイと一緒にいると目立って仕方ねーんすよ」

「はっはっは。人気者はどこにいても目立っちまうっての」

「いや。そういうんじゃねーっすから」

「うおおおおおおおおっっっ！　愛さんのために死ねやあぁあぁぁぁぁぁぁあっ！」

「で、どうします、この状況？　あの調子で弾をばらまかれたら、さすがの自分でも動けないっすよ」

「うわあああぁぁあっっ！　愛さん、愛さん、愛さん！　うわあぁぁぁぁぁぁぁっ！　うわあぁぁぁぁぁあっ！」

「なんか鬼気《きき》迫る感じで怖いっての！」

「自分ら、完全に見つかってますからねぇ。あのままじゃ、撃ちながらこっちに向かって歩いてきて、いずれ回りこまれますよ。味方もけっこーやられちまったみたいですし」

「おおっ。そりゃピンチだっての！」

「ま、そのうち弾切れ起こしそうっすから、一度後退するのがいいと思うんすけどね。そうだ、ティアラセンパイ。ちょっと自分の盾《たて》になってくれねーっすか？」

「おうっ！　って、しれっとなに言ってやがんだよテメェ!?」

「はぁ。やっぱり今からでもスナイパー部隊に加わえてもらえるように、恋奈様にお願いしてこようかなぁ……あ、立つとあぶないっすよ、ティアラセンバイ」

「ぬおおおっっ！　痛たたたたっ！　ヒットだっての！」

戦場は大混乱であった。

☆　☆　☆

おたがい息苦しくなって、くっついていた唇が離れていく。

「はふぅ……大人の階段を昇《のぼ》ってしまった」

「ふふ。ヒロはお子様ね。大人の本気は、こんなものじゃないのよ？」

風に乗って運ばれてくる撃ち合いの音を気にする気持ちの余裕もなく、俺たちはすっかりイチャイチャし始めていた。

審判席はもしかしたら人が来るかもしれないという危険性がある。そう考えた俺たちが選んだイチャイチャの場所はフィールドの森の中だ。

「お、大人の本気って……」

「そ。本気」

姉ちゃんは熱っぽく顔を見つめて俺の頬に触れると、くるりと場所を入れ替え、木の幹《みき》に寄りかかった。手はするりと俺の首の後ろに回ってくる。

「姉ちゃん……」

迷彩服なんていうふだん見ない服装もあってか、ことさらここが野外であることを意識させられてしまう。胸のどきどきが止まらなかった。

「ふふっ。ヒロ、緊張《きんちょう》してる」

「そりゃ、するって。こういうの初めてなんだから」

「うん、姉ちゃんも初めて……」

ふたたび唇が奪われる。

と同時に、姉ちゃんの手のひらは俺の胸板を撫《な》で、ボタンを外していった。

「ね、姉ちゃん……」

「……うん。おとなしくしてて」

そしてついに、姉ちゃんの手が服の下に潜《もぐ》りこむ。

「あ……あ…………あ〜〜〜〜〜〜〜〜〜〜〜〜〜〜っ」

「かわいいわよ、ヒロ」

俺の頭の中も大混乱だった。

☆　☆　☆

そしてふたたび戦場。江乃死魔チームフラッグ地点。

「れんにゃ～。あたしの銃、交換《こうかん》してほしいシ。これ、小さくてちょっと不安だシ」

そこは数十分も誰も攻めてこないという安心感から、すっかり緊張感がなくなっていた。

「大丈夫よ、ハナ。私の作戦なら、ハンドガンでも十分に戦えるわ」

カシャとスイッチを押して、恋奈はマガジンを取り出す。

「どんなに威力が小さくても一発は一発。本物の戦争なら確実に仕留めないと反撃《はんげき》されるけど、サバケーならこれで十分。むしろ取り回しがしやすくて、ちょうどいいわ」

弾がきちんと入っていることを確認した恋奈は、そのまま器用にマガジンを元の場所に装着し直した。

「装弾数が少ないのが玉《たま》に瑕《きず》だったけど、アタッチメントで一〇〇発までは撃てるようにしてあげたんだから、主戦力として期待できるしね」

「れんにゃだって、練習のとき、一〇〇発なんてすぐになくなるって言って、けっきょく五〇〇発も撃てるマシンガンに交換してたシ」

「そ、そうだけど……どうせ私たちは守備なんだから、そんな簡単に弾なんか撃たないわよ」

すっかり油断しきりだ。

「でも、せっかくだから撃ちたいシ」

嘆《なげ》くようにハナが言う。

「……仕方ないわね」

あろうことか、折れたのは恋奈のほうだった。適当な方向を指差して、ハナを見やる。

「味方に当てないようにしてね」

「りょーかいだシ」

言うなりハナは小柄な体でハンドガンを構えると、フィールドに向けて発射した。

「てやーっ」


「うわあっ⁉」


「えっ、悲鳴⁉　誰かいるの⁉」

恋奈が慌ててハナの射線の先を見る。

「あ……当たってねーからな！」

帰ってきた声は恋奈もよく知る、中学のころのクラスメイトのものだった。

「クミっ⁉」

「くっ……恋奈ぁっ！　テメェの命、もらうぜぇぇぇ！」

クミはマシンガンを構え飛び出すと、恋奈とハナを射程にとらえた。

「待つシ！　今の当たってたかもしれないシ！」

「当たってねぇってんだろ！　死ねぇぇぇぇぇ！」

久美子の指が銃をフルオートに切り替える。

「そうかよ！　だったらもう一回殺すまでだ！」

「うるぁあぁあぁぁぁぁっっっっ！」


タタタタタタタタタタタタ！


「ひぎゃあああ！　痛たたたたたっっ！　ヒットだシ！」

「ハナっ!?」

親友のヒットを目の当たりにして、恋奈が叫ぶ。


パスン！　パスッ……パスッ……！


だが、久美子の銃はそれでおしまいだった。

「ちくしょう！　弾切れかよぉっ！」

フルオートで戦いすぎたのだろう。久美子の総弾数はここに至るまでにそのほとんどを失っていたのだった。

「クミっ！　ハナの仇《かたき》は取らせてもらうわ！」

「なめんなっ！　オレのタマが簡単に取れると思うんじゃねぇ！　テメェの銃をむしり取って
でもオレは勝つんじゃい……！　愛さんのために！　愛さんのためにぃぃぃっ！　うおおお
おっっっっ！」

「はあ!?　そういうのって反則じゃなの!?　おいこら、審判っ！」

恋奈は審判席で監視《かんし》しているだろう人間に向け、自分のセーフティに呼びかける。

「………。返事なしか!!」

「死ねやあぁぁあぁぁぁっ！」


タンッ！


「……げふ……」

恋奈の砲口から銃声が鳴って、ＢＢ弾は久美子の胸に直撃《ちょくげき》していた。

今度こそ言い逃れできない明確な一発だ。

「……チク……ショウ……」

江乃死魔チーム、フラッグ前の戦い。その初戦はこうして終わった。

「くそっ……審判はなにしてんだ……」

いくつか問題を表面化させながら。

☆　☆　☆

「なんだって、クミがやられた？」

辻堂チームのフラッグ地点では、前線の報告がされていた。

「はい。セーフティに移動していくのを見ました」

「その代わり、向こうのでかいのは倒したみたいで」

辻堂はそれを聞いて、二度頷く。

「相手の主戦力は潰《つぶ》したが、こっちも攻め手を失ったってところか」

つまり両者膠着《こうちゃく》状態。たがいに攻めあぐねているというわけだ。

あるいは、迂闊《うかつ》に攻めた側がやられる構図となったということかもしれない。

「愛さん、どうするんでっか？」

「わかった。アタシが出るよ」

辻堂はあっさりと決断する。

「このままじゃ埒《らち》があかないのはたしかだからな」

☆　☆　☆

「ふっふっふ……自分知ってるんすよね～」

乾梓の姿は廃墟ではなく、ただひとり森の中にあった。

久美子と宝冠の戦闘を尻目に、自慢《じまん》の足を活かして、ひとり戦場を離れていたのだ。

「サバゲーってやつは銃で打ち合うものだって思われがちっすけど、実際、撃つよりもどれだけうまく隠れられるかが重要なんすよねー」

迷彩服のポケットからコンパクトを取り出すと、鏡《かがみ》で顔を確認する。

「ヘタに撃ったりしたら自分の居場所を教えるようなものですし、終わるまで隠れてる……ってするには、森の中とかは快適《かいてき》さに難があるっすよね。いっそ、さっさとリタイアしちまったほうがよかったっすかねー」

人を痛いめに遭《あ》わせるのはいいっすけど、自分が痛いのはイヤなんすよねー。

そう言葉を続けようとして、梓の動きが止まる。

「ペラペラとなに独り言言ってやんがんだ、テメェは」

振り返ることなく、梓は驚愕《きょうがく》していた。

鏡に映っていたのは、自分の顔だけではなく。

「つ、辻堂センパイっ！」

「よう。まさかこんなとこに隠れてるとは思わなかったぜ」

鏡の中で銃口が持ち上がっていく。

「うっわぁ。これ完全にホールドアップっすわ」

コンパクトを持ったまま、梓はゆっくりと両手を上げていく。

が、それは決して降伏のためではないようだった。

「……なんちゃって！」

「チッ！」

鏡に反射した太陽の光が一瞬だけ辻堂の顔を照らす。

梓にしてみれば、その一瞬で充分だった。


タンッ！


銃声の直前、梓の体は真横に跳躍《ちょうやく》。地面を転がるようにして距離を取っていた。

「悪いっすね！　初速何メートルとか知らないですけど、そんなもん銃口の向きと視線に気をつけてりゃ当たらねぇっすよ！」

「どこの漫画《まんが》のキャラクターだよ！　七つの龍《りゅう》の玉でも集めてろ！」

「自分、ＧＴもオッケー派っす」

「そうかい！　アタシはＺまでだな！」


タンッ！


辻堂は容赦《ようしゃ》なく梓を狙っていく。

「痛っ……っと、当たってねーっす」

「あ？　今、袖《そで》のトコに当たったたろ」

「さあ？　自分知らねーっすよ。気のせいじゃないっすか？」

だいたい、ヒットが自己申告なんてルールがぬるいんすよ。

そんなことを口の中でつぶやきながら、梓は辻堂に顔を向けたまま、バックステップしてさらに距離を取る。

「ああ、そう」

辻堂はいったん梓に向けていた銃を下ろす。

が、それは攻撃を諦《あきら》めたわけではなく。

カチリ。

「じゃあ、ここからはゾンビ退治な」

セミオートとフルオートを切り替えるスイッチを入れるためだった。

タタタタタタタタタタタタタタタタタタッ！

「わ、ちょ、ちょ、ちょっ、ふ、フルオートはやめてほしいっす！　痛い痛い痛い痛痛痛痛っっ！

ヒットヒットヒットヒット！　センパイッ、死体撃ちはマナー違反っす！」

「だったら最初から素直に死んでろ！」

「きゅう……」

その場で倒れるルールはないものの、梓は頭を抱え、体を丸めて動かなくなる。

そんな梓からさっさと視線を外し、辻堂は審判席の方向を眺《なが》めていた。

「ったく。こういうのを放置するなんて、審判はなにしてんだよ」

☆　☆　☆

ちなみにそのころ、審判である姉ちゃんと俺は——。

「じゃあ、私のあとに続いて復唱《ふくしょう》。いいわね、私、長谷大は」

「私、長谷大は」

「あなたを姉とし、いいときも悪いときも、富めるときも貧しいときも、病《や》めるときもまた健やかなるときも、お姉ちゃんを愛すると誓《ちか》います」

「あなたを姉とし、いいときも悪いときも、富めるときも貧しいときも、病めるときもまた健やかなるときも、姉ちゃんを愛すると誓います」

ちゅー。

「ぷはぁ」

「ひさしぶりにやると照れるね」

「いいじゃない。せっかく盛り上がってきたんだし、どんどん行きましょ」

まだイチャコラしていた。

☆　☆　☆

「なんだって？　梓がやられた？」

そして、ふたたび江乃死魔チームフラッグ地点。

恋奈は部下からの報告を受けていた。

「はい。スコープで覗いてましたが、そりゃあもう、ひどい死に様でした」

「で、なんでアンタはそのときに撃たなかったのよ」

「え、いや。こっち見返されたんで……」

「は？　アンタの居場所がバレたってこと？」

「はい。深淵《しんえん》を覗くならば、深淵もまた等しく見返すってアレ、本当ですね」

「いやいや。そういうんじゃないだろ」

なんにせよ辻堂は規格外という話である。

恋奈は歯噛《はが》みして、みずからの指を噛んだ。

「しっかし……じゃあ、辻堂はフラッグから離れたってわけだな」

なにかを考えるようにして、恋奈は指をかじかじする。

「……よし」

けれど指が口から離れたときには、彼女はすっかり方針を決めていた。

「私も前線に出る。今の状況なら、向こうのフラッグには守り手がいないはずだ。一瞬でケリつけてやる」

「待ってろよ、辻堂っ！　覚悟せいやぁぁぁぁっっ！」

☆　☆　☆

フィールドはなにやらクライマックス的な雰囲気《ふんいき》である。

けれど森の中の俺たちは、そういうのとは無関係にまだまだイチャコラしていた。

「ところで姉ちゃん」

「ん？　どした？」

俺の胸に顔をうずめていた姉ちゃんは、とろんとした表情のまま俺を見上げた。

今は俺が木の幹を背にして座っていて、姉ちゃんはそんな俺の足の間に割りこんで、上半身全部を預けている。

重いとかそういうのはぜんぜんないんだけど、立とうと思ったら姉ちゃんをどかさないと身動きがとれない格好だ。さっきフルオートの連射音が聞こえたし、誰かが近くにいるらしい。見つかったらまずいなぁなんてことが頭をかすめるけど、姉ちゃんの体温は温かすぎて、どいてなんて言えなかった。

「どっちかがブザー鳴らしたら終わりなんだよね？」

時間制限は設けない。

今回のルールとしてそうは聞いていたものの、終わりは必ずある。

それはつまり、逢瀬《おうせ》の時間の終わりの合図でもあるわけで。

最初から野外でイチャイチャするつもりではなかったとはいえ、中途半端に高ぶらされたまま終わったら気分が悪いかもしれないなんてことも思う。

「ああ、それなら大丈夫よ」

けれど、姉ちゃんはまったくそんな心配をしていないみたいだった。

「大丈夫なの？」

「ええ。公平を期すために開始地点を入れ替えての二回戦目があるわ」

「二回戦？」

「そう。野球の表裏みたいなものね。地形の差も勝負には影響するから、今度はスタート地点を入れ替えるってわけ」

「へぇ」

なるほど。わかりやすい回答だ。

「じゃあ、最低でももう一ゲーム分のイチャイチャタイムはあるってわけだね」

「そういうこと♪」

パチリとウィンクして、姉ちゃんは笑った。

「そうだ。審判席におやつがあったんだったわ。今のうちに一緒に食べましょ。クリームチーズケーキサエコスペシャル」

「キタ――――――――」

俺のテンションは一気に最高潮にまで高まっていった。

「もしかして今日のために作ってきてくれたの？」

「もちろん。ヒロが喜ぶかと思って」

「いえーい、サ・エ・コ！　サ・エ・コ！」

「オッケーオッケー、もっと崇《あが》めなさい」

それがなにかと言えば、世界一美味しい姉ちゃん特製のケーキだった。あれを越える食べ物はない。はっきり言って俺がシスコンに育った理由の何割かは、姉ちゃんがこのケーキを作れるからなのだった。

「じゃ、それ食べたら、また続きを……」

「って、こらぁあああ！」

「ひぃ！」

どすの利いた声が鼓膜《こまく》を揺《ゆ》さぶった。

声を主を見る。

「なんで私たちが必死で戦ってるときに、アンタたちはイチャコラしてるのよ！」

片瀬さんだった。

「なんでってて……片瀬さんこそ、ここまで攻め上がってきたんだ？」

「あたりまえでしょ！　戦うとなったら、私は真面目にやるわよっ！」

なんて真面目な不良なんだろう。なぜかそんなふうに思ってしまう。

けれど、これはまずい。たがいに無関係に進んでいたはずの審判席とフィールドの物語が、混線してしまった。イチャコラタイムは終了だ。

「ふふっ。若者が健全に汗を流すのはいいことじゃない」

中途半端に先生モードに戻りながら、姉ちゃんは俺から離れた。

「だからって、大人がこんな場所で不健全に汗を流していいとも思わねぇけどな」

ガサガサと木々が揺れ、姿を見せたのは——辻堂さんだった。

なんとたがいの大将が、こんなところでそろい踏《ぶ》みだ。

「なんかごめん。ふたりともここで決着つけるつもりだったんだ？」

やってきた辻堂さんに俺は尋ねる。その間に乱れた服装を直さなければならなかったけど、辻堂さんは照れたり恥《は》ずかしがったりしないで、俺を睨み続けていた。

「まあ、出会っちまったら、そこがどこであろうと決着の場所だろうしな」

辻堂さんは不機嫌さを顔に出したまま、冷たく答える。

「そ、そうだね。じゃあ、俺たちは邪魔にならないように、審判席に……」

「でも、なんかおまえらの顔を見たら冷めちまった」

辻堂さんの目には、対戦者である片瀬さんの顔が視界にも入っていないようだった。

喧嘩で劣《おと》るとはいえ、同じ三大天である片瀬さんをこうまできれいに無視できるのは、さすがの辻堂さんというところだろう。

「やるなら……アンタがいいな、長谷先生」

辻堂さんの瞳が、野生の狼《おおかみ》のごとく鋭く輝《かがや》く。

「へぇ。珍《めずら》しく意見が合うじゃない。私もこの女と戦いたいと思っていたところよ」

見れば、片瀬さんも同じ目で姉ちゃんを睨んでいた。

「あら、私なの？」

対する姉ちゃんは、きょとんとした顔でふたりの提案を聞いている。

「あらあら、血の気が多いのね」

「待って。姉ちゃんは審判であって、参加者ってわけじゃ……」

心配になって姉ちゃんの顔を見る。

そうだよ。いくら姉ちゃんだって、さすがにふたりがかりなんて……。

「やらないわよ。戦う理由もないし、それにヒロとイチャイチャする時間、なくなっちゃうじゃない」

「だよね。よかった」

ホッと胸を撫で下ろす。だが――。

「いや、戦ってもらうぜ、長谷先生。このままじゃおさまりがつかねえ」

辻堂さんが、ものすごい気合で姉ちゃんを誘い出そうとする。

空気さえも震わせるような裂帛《れっぱく》の気合。

自分に向けられたわけでもないのに、ビビッて口も出せなくなってしまう。

辻堂さんが教師に喧嘩を売ってくるなんて――いや、あるけど、まさかそれが姉ちゃん相手だなんて信じられなかった。

「まったく。しょうがないわね」

その様子に、姉ちゃんは小さく息を吐いた。

「わかったわ。私がどうして稲村の死神って呼ばれていたか、ヒロにも教えてあげる」

姉ちゃんはそう言うと、ホルスターからハンドガンを抜いた。

装弾数は一六。

たったそれだけの装備を手にし、姉ちゃんはあらためて乱れていた服装を整え、露出《ろしゅつ》していた肌を迷彩服の下に隠す。

「つしゃあ！　勝負だ！」

待ちかねていたかのように、辻堂さんが銃を構える。

同様の声が正反対からも上がって、片瀬さんも姉ちゃんに銃を向けた。

「さあ……始めましょうか」

「待ってよ三人とも！　勝負するにしてもこんなに近くじゃ、よくて相討ちだし……」

なんとか場を諌《いさ》めようと、恐怖を飲みこんで訴《うった》えを続ける。

なんでこんなことになっているんだ。今日は辻堂軍団と江乃死魔の戦いだったのに。

けれど、そんな俺の主張なんてもう誰も聞いていなくて――。

「バカね！　アンタを盾にすれば、生き延びるチャンスはあるわ！」

容赦のない片瀬さんは、さっそく俺を姉ちゃんとの間の射線に割りこませるように走り出していた。たしかのその位置取りなら、俺の体は姉ちゃんにとってのブラインドになる。

「当たらなけりゃいいんだろ、当たらきゃ」

対する辻堂さんは豪快《ごうかい》だった。

姉ちゃんの持つ銃をしっかりと注視して、まっすぐ向かってくる。まさか視線や銃口の向きを確認していれば、姉ちゃんが引き金を引くより早く動けるとでもいうのだろうか。

どのみち、ふたりのプレッシャーはハンパない。

「姉ちゃんっ！」

だから、不安になって姉ちゃんの表情を伺《うかが》ってしまう。

「大丈夫よ。なにも心配いらないわ、ヒロ」

俺の不安そうな顔に気づいたのだろうか。姉ちゃんはやさしい声音で答えてくれた。

「手榴弾《しゅりゅうだん》のピン、もう抜いちゃったから、悪くても相討ちよ」

「へっ？」「はっ？」「なっ⁉」「はい、ヒロ。フィールドではきちんとゴーグルを着用するのよ？」

色つきゴーグルに視界を遮られながらも見えたのは――俺の足元に転がった、ピンとレバーの外れた手榴弾だった。

◆ＢＢ手榴弾（グレネード）　※輸入品
セフティーピンを抜くことで、数百発のＢＢ弾弾を全周囲三六〇度にばらまくサバイバルゲーム用のレプリカ手榴弾。時限タイマーにより、三秒後に起動する。

使用の際は、必ずゴーグル着用のこと。また直接、人に投げつけないでください。

火気厳禁《げんきん》。一八歳以上対象商品。


「ちょおおぉぉぉっっ!!」「ひゃあああっっっ!!」「こんなのってありなのかよっ！」

こうして、手榴弾は大量のBB弾を撒《ま》き散らし――。

俺たちを同時に死亡させたのだった。

「が……あ……」「ぐ……う……」「い、痛く、な…………痛い……」

「はーい、引き分けー」

姉ちゃんはズボンに引っかかったままのBB弾を払い落としながら、余裕綽《しゃく》々《しゃく》に笑っている。

「……な……そんなの……ありかよ……」

「くっ……そ……」

辻堂さんも片瀬さんも（ついでに俺も）あまりの衝撃《しょうげき》にその場から動けなくなってしまっているようだった。

「これで気は済んだかしら？」

しかし同じように直撃していたというのに、姉ちゃんは汗をかいてすらいない。

「くっ……」「ちくしょう……」

圧倒的な力を見せつけられたふたりは、歯噛みして悔《くや》しがるばかりだ。

姉ちゃんはそんなふたりを悠然《ゆうぜん》と見下ろして――。

「それじゃ、今回は勝者なしってことでいいわね？」

「……ちっ」

戦いの終結宣言を出す。不本意だろうが、相手の土俵《どひょう》だろうが、負けた以上は従うしかない。

それもまた彼女たちなりのプライドらしかった。

「じゃ、続いて二試合目いってみましょうか」

「「はぁ⁉」」

辻堂さんと片瀬さんが上げたのは、まだ続けるのかというような驚きの声だった。

「サバゲーはルールを守って楽しく遊びましょう。二回戦目があるルールなんだから、ちゃんと従ってもらうわよ？」

威風堂々。

不良にも負けない王者の風格。最強のガキ大将の貫禄《かんろく》。教師の威厳《いげん》。

それらすべてをひっくるめたこの人こそが、俺の姉になって十数年、暴君《ぼうくん》として俺の上に立ち続けた——長谷冴子という女性なのだった。

「チクショウ……アタシじゃ、かなわねぇのか……」

「辻堂……アンタ、こいつとくっつかなくて正解よ……。嫁姑《よめしゅうと》戦争がいつもこんなんじゃ……私だって体がもたないわ……」

「あら、失礼しちゃうわね♪」

姉ちゃんは特に否定もせず、くすくすと笑う。

「あっ、そうだヒロ。さっきので姉ちゃんの玉の肌《はだ》に傷がついちゃったから、あとでマッサージ入念にお願いね」

「はーい……」

……うん。俺も、姉ちゃんには一生かなわないかも。

「さて。それじゃ、気を取り直して、サバイバルゲーム二試合目、スタートしてみましょうか」

「「もう二度とやらねーよ！」」

稲村の死神、いまだ健在。

湘南での不良たちの抗争にふたたび火器が登場することは、しばらくなさそうである。


〈実は私サバゲー大会で稲村の死神と呼ばれたお姉ちゃんだったの　おしまい〉

辻堂さんの純愛ロード

第3話

「あずにゃんとアルバイト」

「おええぇぇえええ……」

物語は可憐《かれん》な美少女の嘔吐《おうと》っぽい声から始まった。


「じ、自分、乗り物は酔《よ》う体質なんっす……」

「うん。知っているけど」

港《みなと》にやってくると、船から降りてきたばかりらしい知り合いが悶《もだ》えていた。

乾梓《いぬいあずさ》ちゃん。

一度は江乃死魔《えのしま》を離《はな》れたものの、一騒動《ひとそうどう》あったあと、ふたたび江乃死魔に——奴隷《どれい》（仮）として戻ってきた由比浜《ゆいがはま》学園の一年生だ。

今は俺の恋人でもある片瀬恋奈《かたせれんな》から罰《ばつ》として毎朝、船に乗せられて漁《りょう》に出ることを命じられているみたいだけど、なんとか元気にやっているみたいでなによりだった。

「……あ、長谷《はせ》センパイ……ちっす。なにしてるんすか……？」

「うん。ちょっと恋奈に呼ばれて。いるよね」

「知らねーっすよ……自分、たった今、寄港《きこう》したばっかりなんすから……」

「ああ、そう。いつもご苦労様だね」

「わかってるなら恋奈様に言って、やめさせてくださいって……」

「あれ？　梓ちゃん、反省《はんせい》してないの？」

「反省はしてるっすよ。だから毎日毎日、船に乗せられてがんばってるじゃねーっすか……うぷっ」

吐きそうだった。

「みたいだね。よく続いてると感心するよ」

「……でも、さすがにそろそろ死んじまうっす」

たしかに顔色が悪い。

かつて恋奈ばかりでなく、マキさんや辻堂《つじどう》さんとも互角にやりあった迫力はどこにいってしまったのか。

これじゃただの、弱弱しいエロおっぱいさんじゃないか。

うん。ただのおっぱいさんだと思うと、ちょっとかわいそうになってきた。

「少し休みをもらうことってできないのかな？」

「中途半端に同情するくらいなら、恋奈様に嘆願《たんがん》して漁に出るのだけはやめさせてもらうように言ってくれねーっすかね？」

「それはできないよ。恋奈の決めたことには口を出せないし」

「うー、センパイのヘタレー。恋奈様の彼氏なんすから、それくらいなんとかしてくださいよー」

「恋奈に逆らってまで、特になんとかする理由もないというか」

「ヘタレー！」

叫ばれてしまった。

「うぷ……まだ頭がぐわんぐわんするっすー」

「しょうがないな」

肩を貸してやる。

「うぅ……センパイ、助かるっす」

さんざん俺のことを嫌いだというわりに、梓ちゃんは素直に力を借りてくれたようだ。よろよろと立ちあがる。

ぽにゅと、おっぱいが肘《ひじ》に当たった。

うむ。これで一年生だというのだから、将来有望すぎる。

恋奈も、もうちょっとがんばってくれるといいんだけど。

「あ、そうだ。センパイ」

まだ船酔いが続いているのか、梓ちゃんは寄りかかるように身体を密着《みっちゃく》させてくる。

ぽにゅぽにゅと肘にやわらかいものが当たった。

ぽにゅ、ぽにゅ、と。

むにゅ、むにゅ、と。

ぽよん、ぽよん、と。

「フフフ、自分と一緒にもう一回、てっぺん取ってみませんか、センパイ？」

「わざとか！」

反省しているって言ったそばからこれだから、梓ちゃんは油断ならない。

ずっと江乃死魔を騙《だま》し続けてきた女狐《めぎつね》のスキルは、いまだ健在のようだ。

「今の言葉、恋奈に全部報告するから」

「え――――っ！　それだけは勘弁《かんべん》っす――――っ！」

恋奈のことが好きなのだけは、本当みたいだけど。

「前だって、センパイが恋奈様にチクッたから、あずの計画が丸ごとご破算になっちゃったんじゃないっすか。ああいうのは二度とごめんなんすよ！」

「本気で悪いこと考えてなきゃ、チクッたりしないって」

「ふぅ、安心したっす。おっぱい触《さわ》らせてあげた甲斐《かい》もあったってもんっすよ」

「もうちょっと触らせてくれたら、恋奈に言っていろいろ便宜《べんぎ》を図《はか》ってあげるよ？」

「え～、センパイのえっち～。ダメっすよ～、あずのおっぱいって、見せるだけで金取れるレベルなんすから～。で・も、センパイなら……」

全部報告した。

「センパイの鬼畜《きちく》ー‼」

☆　☆　☆

「だって俺、恋奈の彼氏だもん」

「梓。そんな漁が嫌なら、自分でアルバイトを見つけて働《はたら》け」

恋奈の回答はじつに簡潔《かんけつ》だった。

梓ちゃんがなにか文句を言ってるけど、まあ、それはそれ。

いちおう、梓ちゃんが漁に出てるのがつらくなっているみたいだということも報告してあげたわけだし。

「こんなことなら、横乳当ててやらなきゃよかったっす！」

「ああ、やっぱり自分で当ててきてたんだね」

「うぐっ！」

「コラ、梓。私が話してるだろ」

「うわっ、すんませんっす！」

一瞬《いっしゅん》で恋奈に向き直る梓ちゃん。

梓ちゃん、恋奈に対してはすっかり奴隷根性が染みついちゃってるなぁ。

「で、恋奈様。あの、自分、ほかのバイトしてもいいんすか？」

「ああ。アンタが乗り物苦手なのは知ってるし、稼《かせ》ぎもごまかさずに江乃死魔に全額納《おさ》めてるみたいだから、そろそろいいかなとは思ってたのよ」

「うっわ……そこも調べられてたんすか……」

「当然でしょ」

そのあたり、恋奈に抜かりはないみたいだ。

さすが梓ちゃんも認めるほどの組織《そしき》経営のカリスマ。

本当なら、ヤンキーをやらせておくのももったいないくらいなんだけど。

「その代わり、条件をつけるわ」

恋奈は今にも小躍《こおど》りしそうな梓ちゃんを諫《いさ》めるように、あえて声のトーンを落とした。

「人を使うのはなし。違法行為、暴力《ぼうりょく》行為、美人局《つつもたせ》、色仕掛けも禁止。アンタ自身が額《ひたい》に汗して働くならよし。これでどう？」

「才能全部潰《つぶ》されたっす!?」

まあ、そんなもんだろう。

なんだかんだと梓ちゃんの実力は、恋奈に次ぐと言ってもいい。

実際、ある部分では超えているし、その気になれば数十人のヤンキーグループをまとめ上げるのも簡単だろう。

だからこそ、それがひそかに行えてしまう可能性の芽はあらかじめ摘《つ》んでおかなければならない。恋奈の対応は、じつにまっとうだった。

「アンタ、前に新聞配達やってたでしょ。あれ、もう一回やんなさいよ」

「へえ、梓ちゃん、新聞配達なんてやってたんだ」

「ええ。自分の足ならあっという間でしたし」

そういえば、本気を出すとマキさんでも追いつくのに苦労するくらいのスピードが出せるみたいだったしな。

逃げ足にも、そういう使いかたがあるのか。

「いいんじゃない、それも才能だし、もう一回やれば」

「うぅ……でも、一度天下を取りかけたというプライドが、また新聞配達に戻るのをためらわせるっす……」

「ま、思いつかないのなら、また漁に出かけてもらうだけだから」

「それは勘弁っすー」

Sキャラだったはずなのに、すっかりいじめられっこだ。

まあ、もともとヘタレSだったけど。

ちょっとかわいそうになったので、横から口を出すことにする。

「アルバイト情報誌、もらってきてあげようか」

「中途半端なやさしさなんていらねーっす……」

ことわられた。

「じゃ、そういうことだから、バイトが決まったら報告しなさい」

恋奈はそう言うと、さっさと話を終わらせた。

かつての幹部に対するものにしては、やや冷淡《れいたん》にも思える。

「うぃーす……」

梓ちゃんは肩を落としながら、アジトを出ていく。

その背中を見送ってから、俺は恋奈に向き直った。

「なあ。恋奈」

「大《ひろし》」

呼びかけると同時に呼びかけられた。

「なに？」

すぐに俺は尋《たず》ね返す。

「梓のこと、見てやってくれる？」

逆に尋ね返されることもなく、恋奈は続けた。

うん。なにも言う必要がなくなってしまった。

「了解」

けっきょく、恋奈はいい子だってことだった。

そのままの足で、ゆったりとアジトを出る。

「さて。あとで梓ちゃんと合流しておかないとな」

「あ、センパイ」

「おっと」

アジトを出たすぐのところに、梓ちゃんはしゃがみこんでいた。

「こんなところにいたんだ。すぐにアルバイト探しに行ったとばかり思ってたよ」

「ええ、これから行くんすけどね〜」

座ったまま、面倒くさそうに梓ちゃんは言う。

「センパイが急いで追いかけてくれるんじゃないかな〜って思ったんで待ってたんすよ。案《あん》の定《じょう》でした」

「そうなの？ 俺はべつに今日じゃなくてもよかったんだけど」

「そこは追いかけてきてくださいよっ⁉ かわいい後輩《こうはい》がトボトボとアジトを出ていったんっすよ⁉」

「それはしょうがないじゃないか」

「しょうがなくないっす！ もー、センパイのせいなんですから責任とってください！」

「なんで俺のせい？」

「いいから、全部センパイのせいってことにしてほしいっすー」

「そんな勝手な」

昔からわがままだったけど、最近はいろいろとぶっちゃけるようになっちゃったせいか、子どもみたいになってきてる気がする。

これは恋奈に言われるまでもなく、見ていてあげたほうがよさそうだ。

「わかったわかった。アルバイト探し、手伝うよ」

「マジッすか⁉　さっすがセンパイ、やっぱり自分のこと大好きじゃないですか！」

「べつにそんなことはないけど」

「そこは好きって言っといてください！」

「とりあえずは商店街かなぁ」

「ガン無視っすか⁉」

とりあえず、元気になってくれたのはなによりだ。

☆　☆　☆

「いらっしゃいませー、ご一緒にポテトはいかがっすかー」

自動ドアが開くと同時に、にこやかな声と笑顔で迎えられた。

「お。やってるね」

「……センパイ、なんすかこれ」

「見てのとおり、ナクドマルドのアルバイト」

「いやいやいや！　なんかこー、普通すぎないっすか⁉　こんなのアルバイト情報誌を見るまでもなく、見つかりそうなバイトっすよね⁉」

「そうだね。そこに張り紙があったから応募《おうぼ》してみただけだし」

「うっわ、センパイ。もっと自分のアルバイト探しに真剣になってくださいよっ。見つからなかったら、また朝から船に乗せられて網《あみ》引かされるんすよ⁉」

「仕事もちゃんとできてるみたいだし、制服も似合ってるから、いいと思うけど」

「そんなの当然っす。自分が本気出せば、できない仕事なんてないんすから」

「じゃあ、これで決まりってことで」

「いやっ！　いやいやいやっ！　ちょっと待ってくださいって！　こんな、みみっちい時給で自分にずっと働いてろっていうんすか⁉」

「梓ちゃん。いいかな？」

「なんすか？」

ちょっと真剣な顔をしたら、梓ちゃんはいぶかしげな顔で俺を見返してくる。

「普通の人はね、こうやって汗水たらして、コツコツとお金を貯《た》めるものなんだよ。君たちがやってきたことは、そういう人たちの苦労と汗を力ずくで奪《うば》ったってことなんだ。だから恋奈はそれをわかってもらうために、梓ちゃんを働かせているんじゃないかな？」

「うわ。説教とかマジうざいんすけど」

「というわけで、ちゃんと働いているかどうか、恋奈に報告しないとね」

「うぃるぁっしゃいませー！　ただいま新発売のネバネバ納豆《なっとう》バーガーがお得となっておりますが、ご一緒にいかがでしょうかっ！」

「あ、けっこうです」

「んなもん、食べたくないのなんて知ってるっすよ！　こっちだってマニュアルで言ってるだけなんすから！」

大きく怒りを爆発《ばくはつ》させた梓ちゃんはそれで気が抜けたのか、今度はシニカルに肩をすくめた。

「ったく。だいたい客もわがままなんすよ。ピクルス抜け？　そんなの自分で抜いてくださいよ、めんどくさい。それにだいたいのモンはマヨネーズつけとけば、なんとかなるんすから無視して食べたらいいんすよ」

「不満がたまっているみたいだね」

「どんだけ売っても自分のお金にならないとか、マジ労働意欲を失わせるっす」

「時間給のバイトは、時間を切り売りしているようなものだからね」

「そう。それっすよ」

び、と梓ちゃんは俺に指を突きつけた。

「働いてる実感がないってのが問題なんっす」

「ほうほう」

「ぶっちゃけ自分、ファーストフード店に納まる器じゃない気がするんすよね」

「違うアルバイトのほうがいいってこと？」

「そうっす！　やっぱ自分には働くにふさわしい場所ってのがあると思うんすよ」

「そっか。まだ試用期間だし、店長さんには僕から謝《あやま》っておくよ」

「悪いっすね」

「その代わり、ちゃんと終了時間まで働いてね。辞《や》めるからって途中で抜け出したりしたら、お店からすぐ恋奈の家に連絡が行くことになってるから」

「なんすか、その密告《みっこく》社会」

「だってこの店の店長、もともと片瀬グループの人だし」

「怖えー！　さっすが金持ちの人脈《じんみゃく》は違うっすわー！」

「というわけだから、がんばって」

「うー、そう言われたら仕方ねぇっす。いらっしゃいませー！」

「スマイルください」

「ぶちのめしますよ♡」

「うん、いい笑顔だね」


働いてる姿は、けっこうかわいいのに。

☆　☆　☆

次のバイト先はファミレスだった。

「いらっしゃいませ。おひとり様っすね。お席は禁煙《きんえん》喫煙《きつえん》とありますが、どちらになさいますか？」

「じゃあ、禁煙で」

「かしこまりました。それでは席にご案内いたします」

梓ちゃんは制服に着替えて、にこやか接客中だ。

遠目に見守っていた俺もなんとかうまくやれているらしいと確信し、彼女にそっと近づいていく。

「ファミレスの制服もかわいいよね」

「たりめーっすよ。たいていのかわいい制服なら、完璧《かんぺき》に着こなしてみせるっす」

梓ちゃんは自信満々だった。

こういうところはすごくかわいらしい。


ピンポーン。


来店を告げるベルが鳴った。

「おっと、お邪魔《じゃま》かな」

すすっと壁際《かべぎわ》に寄る。

「んじゃ、また一働きしてくるっすよ」

「あれ？」

梓ちゃんが歩き出す。

と同時に、来店客の姿が目に入った。

……いやはや。なんて目立つ三人組だろう。

「おう。恋奈様、ここが大の言ってた店だっての」

「シシシ。梓の働くところ見に来てやったシ」

「アンタたち、自分の分は自分で払うのよ？」

やってきたのは、恋奈、一条《いちじょう》さん、ハナさんの江乃死魔の幹部たちだった。

「うっわ、なんで恋奈様たちがここに来るんすか⁉」

さすがに、店の入り口に向かおうとしていた梓ちゃんの足も止まっている。

「報告してるって言ったじゃないか」

「本人が来るなんて想定外っす！」

「マニュアルどおりにやれば大丈夫だって」

「あの人たちにマニュアルが通じるわけないっすよ！」

梓ちゃんは必死だった。本人にしてみれば、査察《ささつ》みたいなものだろうしなぁ。

「あ、うん。ごめん」

「なんで謝るんすか⁉　助けてくださいよ！」

「でも俺はアルバイトじゃないからね」

「ちょっと店員。いつまで待たせる気」

入り口から恋奈のクレームが飛んでくる。

「は、はーい、い、今伺いますっす！」

恋奈の声だったからか、梓ちゃんは焦《あせ》ったように返答した。

「行くしかないみたいだね」

「うぅ……なにがあっても自分責任取りきれねーっすからね？」

のろのろと入り口に向かう梓ちゃん。

その背中には、なぜだかすごく哀愁《あいしゅう》が漂《ただよ》っていた。


「お待たせいたしました、三名様ですね」

「おおっ、梓が制服だっての⁉」

「そりゃ制服だもの。嫌だって言っても着せるわよ」

「しかも意外と似合ってるシ」

「三名様っすよね、コノヤロウ」

呼びかけに答えない恋奈たちにイラだったように、梓ちゃんは笑顔をひきつらせる。

「あ？　今、なにか言ったか？」

「いえいえっ。ただいま禁煙席にご案内いたします」

「はっはっは。なんだか本物の店員みたいだっての」

「れんにゃ、ドリンクバー頼む？」

「そうね。せっかくだし、梓の働く姿をじっくり見させてもらおうかしらね」

梓ちゃんに引き連れられて、三人が僕の横を通り過ぎていく。

「……は、早く帰れっ」

梓ちゃんがぼそっとつぶやいた声は、どうやら僕の耳にしか届いていなかったようだ。

店員としてはあるまじき暴言《ぼうげん》だったけれど、聞かなかったことにしてあげよう。

「こちらのお席にどうぞ」

「おう。さっきから腹ぺっこぺこだっての」

「ねーねー、れんにゃ。ドリンクバー頼んじゃっていいよね？」

「大。アンタもこっちで一緒に食べていいわよ。せっかくの休みなのに、梓に付き合わせて悪いわね」

すっかり食事に気を取られているふたりと違い、恋奈は通り過ぎる際に俺に話しかけてくれていた。

恋奈の心遣いに感謝して、俺は答える。

「いや。これくらいはぜんぜんかまわないよ。でも食事はごちそうになろうかな」

「自分の分は自分で払いなさい」

「はいはい」

というわけで、俺は恋奈の隣に座った。

とたん、梓ちゃんは俺の横に立ってガンを飛ばしてくる。

「……なに？」

「なんか恋奈様とセンパイが通じ合ってるの、ムカツクっす」

「それはしょうがないよ。俺と恋奈は恋人なんだから」

「それはわかってるんすけど、ふたりして自分をいじってるみたいで気分悪いっす」

そんなこと思われても困る。

「アンタがおかしな真似したときに止めたいからって、わざわざ大が休み潰して付き合ってくれてんのよ。文句言うならバイト探しは中止。アンタには海に戻ってもらうわ」

なおも恋奈の態度は一貫《いっかん》していた。

組織の運営には、厳《きび》しい態度《たいど》も必要なんだろうな。

「あ、もちろんっ、センパイにはすごーく感謝してるっすよ。恋奈様の寛大《かんだい》な御心《おこころ》も、もちろん忘れてねーっす」

「あっそ。ならいいんだけど……。それより、梓。そろそろメニュー持ってきて」

「はい、ただいまっす！」

シュパッと梓ちゃんが消えた。本気を出すと彼女は本当に速い。

「シシシ。ドリンクバーはいろんな味をブレンドするのが楽しいんだシ」

「そういえば、麦茶《むぎちゃ》とオレンジジュースを混ぜると、リンゴの味になるって聞いたことがあるね」

「炭酸系《たんさんけい》とコーヒー紅茶系の組み合わせは地雷《じらい》だから、やめておきなさいよ?」

「大丈夫だシ。まずかったら、ティアラと大が飲んでくれるし」

「マジッすか」

「人をなんだと思ってやがんだっての」

「メニューをお持ちしました。ご注文の品が決まりましたら、ピンポンならしてくださいっす」

あ。梓ちゃん、もう帰ってきた。

「いいわ、もう決めたから注文取って」

「んじゃ、メニューのこのページあるもん、全部もってきてくれっての」

「いいっすけど、金あるんでしょうね?」

「そんなもん……あ、二〇円しか持ってなかったっての」

「帰れ」

☆　☆　☆

「ちょりーっす！　オーライオーライ……はい、すとーっぷっす」

次にやってきたのは、ガソリンスタンドだった。

「ここなら恋奈様たちは来ないから、気が楽っすね」

「ヤンキーならバイク乗ったりすると思うけど」

「知らねーんすか？　恋奈様、タイヤが二本しかない乗り物には乗れねーっすよ？」

「えっ、ほんとに？」

「ええ。バイクどころか自転車にも乗れねーす。走り屋連中にも、注意だけして好きにやらせてるくらいっすから」

くくくっと喉《のど》を鳴らして笑う。

自分だって乗り物苦手なのに。

「もしかして、江乃死魔って乗り物、苦手な人多い？」

「そっすねぇ。自分も乗り物関係は絶望的に弱いですし、ティアラセンパイはデカすぎるし、ハナセンパイは足とどかねーし」

「恋奈も二輪無理だとすると、完全にアウトか」

そのおかげで公道では迷惑《めいわく》かけないっていうなら、いいことかもしれない。

「まあ、それはそれとして」

梓ちゃんを上から下までじっくり眺《なが》める。

「ガソリンスタンドの制服もいいよね」

「…………」

返事はなかった。

「え？　いいと思うよ？」

「いや、似合うのはわかってるんすけど」

梓ちゃんの目が僕を見て細まる。

「センパイにひとつ確認しておきたいんすけど」

「なに？」

「センパイって制服マニアなんすか？」

☆　☆　☆

「制服だけではないということ教えてあげるよ」

次のバイト先は海の家だった。

「水着じゃないっすか！」

「水着もいいよね！」

開き直ってみた。

「……自分、センパイのこと、恋奈様に告げ口してもいい気がしてきたっす」

「それはやめてください」

即、謝罪《しゃざい》した。

だけど心外だ。べつに俺だって全部が全部、趣味で選んで着せ替えを楽しんでるわけじゃ、ない、ん、だよ？

「ふふふ～」

弱みを見せたせいだろうか。梓ちゃんはさらに目を細めると、俺にしなだれかかってくる。

ほんと、この子は油断できない。

「だったらぁ……あずのバイトのこと、うまいこと恋奈様に報告してくれないっすかね？　あず～、体弱くて～、あんまり長い時間働けないんすよ～」

「はいはい」

「スルーかコラ」

「あ、そんな態度取るの？」

「い、いやだなぁ、センパイ。あずがそんなこと言うわけないじゃないっすかぁ」

そうやってあっさり態度を切り替えてくれるのはありがたい。

「うん。じゃあ、真面目《まじめ》に働こうか」

「…………チッ」

舌打ちくらい、まあ、いいけどね。

「とりあえず、あそこの人の分の注文を取ってきて」

「へいへーい。センパイには逆らいませんよー」

梓ちゃんがお尻《しり》をフリフリ歩いていく。


「お。ダイじゃん。またおまえ、海の家で働いてんの？」

「死ぬっす！」

戻ってきた。

「『皆殺し』相手の接待とか、どんな拷問《ごうもん》っすか！　いくらセンパイのお願いでも、そんな命令聞けないっすよ！」

そこに座っていたのは、腰越《こしごえ》マキさんだった。

一匹狼《いっぴきおおかみ》で三大天のひとり。

ひとりで一〇〇のチームも潰せる凄腕《すごうで》さんだ。

恋奈ともかなりやりあってるけど、基本的には不干渉《ふかんしょう》。そんな関係。

「大丈夫だよ。食べ物を与えているうちは暴《あば》れないから」

ちなみに俺とマキさんは、食事を与える側と与えられる側という関係を今も続けている。別の言いかたでは餌付《えづ》けともいう。

「お腹《なか》いっぱいだから大丈夫って言われて、ピラニアの水槽《すいそう》に好んで手を突っこむ人間はいないっすよ！」

極端な……いや、適切な例かもしれない。

が、ピラニアならともかく、マキさんは人間の言葉がわかっちゃうのだ。

つまり喧嘩《けんか》を売られたと感じたら、向こうからやってくるってことだ。

「お、騒《さわ》がしいと思ったら、おまえ、恋奈のことの裏切《うらぎ》りモンじゃん。なんでダイと一緒なん？」

ほら、近づいてきちゃったし。

「あ、うあ……センパイ、逃げていいっすかね？」

「いや、ダメだって。バイト中だしさ」

「バイトとかしてる場合じゃないっすよ！」

気持ちはとてもよくわかるけども。

「ん？　なに？　ビビッてんの？」

俺の背後に隠《かく》れようとする梓さんの怯《おび》えっぷりがおもしろいのか、マキさんは執拗《しつよう》に絡《から》んでくる。敵を追い詰めたとたん嬲《なぶ》り出すあたり、ほんと猫《ねこ》みたいな人だ。

「あ……アアン!?　私を誰だと思ってるんすか！　ビビッてるわけねぇっすよ！　全身の骨《ほね》、

バラバラにすんぞ、クラァ！」

　このあたりは梓ちゃんもヤンキー。

　ナメられたらおしまいってことなんだろうけど――。

「おもしれぇ、食事前のちょっと腹すかしとくのも悪くねぇしな」

　バイト中に戦うには、相手が悪い。

「まあまあ、ふたりとも。ここで暴《あば》れたら、料理もバイト代も出せなくなっちゃいますよ」

　もちろん俺としても海の家を守っておかないと。

「げっ、そりゃ困る！」

「じ、自分だって、バイトができなくなったら困るっす！」

　うん。利害は一致したということで。

「じゃあ、ここまでってことにしておこうね。マキさんには俺の奢《おご》りでこの焼きモロコシあげますね」

「ひゃっほう！」

　これでマキさんはオッケー。

「はぐはぐはぐ……モロコシ、ウマー！」

「チッ……今日のところはセンパイの顔を立ててやるっす」

「ハッ。私はいつだってかまわねーんだぜ？」

「…………」

喧嘩っぱやいなぁ。

「はいはい、ここまで。焼き鳥も奢りますから」

「はぐはぐ焼き鳥ウマー！」

ほんと接客業って大変だよね。

「けっきょく、自分が注文取る必要なかったっすね」

☆　☆　☆

すっかり日も暮れてきたというのに、まだ僕らのバイト探しは続いていた。

「センパイ、あずのこと、かなり好きっすよね？」

次のバイト先に向かう途中、梓ちゃんがそんなことを言い出した。

「は？　なに言ってんの？」

「うっわ、腹立つ！」

今度はいきなり不機嫌になる。

俺としては恋奈との関係性も意識《いしき》して正直に答えたつもりだけど、彼女には気に食わない返事だったらしい

「まあまあ。じゃあ、そう考えるに至った考えを聞くよ」

「なんでさっきから上から目線なんすか！　もういいっすよ！」

べつに、言うほど彼女のことが嫌いというわけじゃない。

彼女が裏切ったせいで、僕がマキさんとが鎖《くさり》で繋《つな》がれ、そのせいでしこたま殴《なぐ》られることになってしまったことなんて、もうとっくに忘れてあげたつもりだ。

しっかり罰《ばつ》も受けているし、そういう作戦を選んだのは僕《ぼく》自身なので、恨みもない。

なにより恋奈に対してはきちんとしているのが、ポイント高かった。

ワガママな妹がいたら、こんな感じだろうと思うくらいだ。

実際、姉ちゃんの横暴《おうぼう》のほうがよっぽどこたえるし。

そうか。俺が梓ちゃんのワガママに怒らないのって、姉ちゃんの教育の賜物《たまもの》だったのか。

……うん。お礼とかは言いたくないけど。

「はぁぁぁぁ……ぱーっと一攫千金《いっかくせんきん》狙えるバイトとかないっすかねぇ……」

「マグロ漁《りょう》とかは？」

「センパイ嫌い！」

「真面目に答えたのに」

どうやら、梓ちゃんはすっかりへそを曲げてしまったらしい。

繰《く》り返すけど、べつに彼女のことが嫌いというわけじゃない。

できれば機嫌を直してほしいんだけど。

「センパイ。あず、もう疲《つか》れたっす」

「まあ……それもそうか。たしかに朝から働きっぱなしだったしね」

「そーっすよ。制服マニアのセンパイの趣味に付き合って、今日は一日羞恥《しゅうち》プレイに耐えてきたんじゃないっすか」

「プレイて」

「いわゆるコスチュームプレイっすね。恋奈様の彼氏じゃなきゃ、金を請求するレベルっす」

世の中には、どれだけ制服があると思っているんだろう。

そんなことされたら、普通の生活を送るだけで破産してしまうじゃないか。

「あー、センパイのせいで疲れたっすー」

最終的に、梓ちゃんはなんでもかんでも俺のせいにしたいらしかった。

「わかったわかった。じゃあ、どうしたらいいのさ」

「そんなん決まりっすよ！」

疲れたと言っていたのが嘘《うそ》なのかというくらい俊敏《しゅんびん》に梓ちゃんは顔を上げ――。

「休憩《きゆうけい》しましょう、センパイ！」

彼女はその白魚のような細い指先を、あろうことかファッションホテル――いわゆるラブホテルに向けていた。

☆　☆　☆

「ふぁっ!?」

今まで唇《くちびる》を噛《か》んで声を抑えていた梓ちゃんから、とうとう嬌声《きようせい》が漏《も》れ出た。

その第一声が口火となり、彼女の喉《のど》からは次々と快感の吐息《といき》がこぼれ落ちていく。

「やっ……んっ……はぁん……あ、やっ、セン……パイ……あはぁんっ！」

「どうする？　気持ちよすぎるならやめるけど？」

「ひぅ……な、なんでも言うとおりにしますから……やめないでほしい……っす」

「べつに俺はなにかしてほしいってわけじゃないんだけど」

「はぅっ……んぅぅ……じ、自分が、いっぱい、センパイに、してほしいんす……んっ、んぅっ！

んはああっ！　センパイの指、気持ちよすぎて……！」

梓ちゃんは俺の思うとおりに悶《もだ》えてくれていた。

今日は調子がいい。

そう時間もかけずに、梓ちゃんの全身をぐにゃぐにゃにできてしまいそうだ。

「姉ちゃんに鍛《きた》えられたからね。ちょっぴり自信があるんだ」

「姉さんって……センパイ、身内にまでこんなことしてるんすか……」

「身内にまでというか、するのは基本的に身内に対してだけだよ」

「き、鬼畜《きちく》っ！　センパイが鬼畜っす！」

「そうかな？　普通のことだと思うんだけど」

「だとしたら……センパイの姉さん、なにを仕込んでるんすか……こ、こんなの、絶対ダメっすよっ！」

「そんなこと言って。梓ちゃんも気持ちいいんでしょ？」

「はいいいいっっ！　気持ちいいッ、ぎぼちいいッ！　感じすぎぢゃってでぇえ、体中からチカラ抜けちゃうのぉおおおっ！」

「ほらほら、患部《かんぶ》が温《あたた》かくなって、身体《からだ》がどんどんやわらかくなっていくよ」

「溶けりゅううぅぅ！　あたま、あたま、あたまがおかしく、おかしくなりゅうううう、んぎぼちいいいいい!!」

「……って、殺す気っすか、センパイ！」

梓ちゃんは転がるようにベッドを移動した。

ちっ、逃げられたか。

「べつに殺しはしないよ。むしろ健康にしているつもりだけど」

ぐにぐにと指を動かす。

よく言われるけれど、俺のマッサージはかなり上手らしい。

人に試すと、だいたいこんな反応をして気持ちよくなってくれる。

梓ちゃんも喜んでくれているとばかり思ったのに。

「こんなのを普通のマッサージと思ってるセンパイの姉さんは、とんだ性豪《せいごう》っすよ！」

姉ちゃんに聞かれたら怒られそうなことを言って、梓ちゃんは体を起こした。

「もうちょっとだから横になっててよ」

「これ以上やられたら、本気で死んじまうっすよ！」

おかしい。梓ちゃんは気持ちいいのが苦手《にがて》なんだろうか。

「自分から誘っておいていまさらなにを言ってるんだい、梓ちゃん」

「いや……たしかにセンパイを手籠《てご》めにしたら、あとあと楽かとは思いましたけどっ……」

「大丈夫。任《まか》せて。悪いようにはしないから」

「センパイが怖いっす！」

うーむ。完全に怯《おび》えられてしまった。

仕方ない。マッサージはここまでにしておくか。

「じゃあ、深夜まではもうちょっと時間あるし、疲労も回復したのなら、ほかのバイトにも挑戦してみようか」

「これからっすか⁉」

「だってマッサージもしたことだし」

「むしろ、くたくたになったっすよ！」

「あれ？　まだ疲労が取れてない？　だったら……」

「自分、元気いっぱいっす！」

梓ちゃんはベッドを飛び跳《は》ねて俺から離《はな》れた。

「……んー」

梓ちゃんを見る。

「……せ、センパイ……」

「じゃあ、バイト、続けようか」

コキンと指が鳴った。

「…………………………………はい」

ん？　やっぱり元気ないのかな？

☆☆☆

「げふー……っす」

すっかり日も落ちたころになってバイトから解放され、弁天橋《べんてんばし》の下のアジトに戻ってきた梓ちゃんは、ソファの上にぱたりと身を倒していた。

肉体労働ばっかりだったから、かなりお疲れのようだ。

「そんなに疲れてるならマッサー……」

「それはけっこうっす！」

速攻でことわられた。

ふむ。いらないというなら仕方ないか。

「うー……世の中にはもっと効率よく稼《かせ》ぐ方法があるのに、なんで自分はこんなに疲れ果ててるんすかねぇ……」

梓ちゃんは世を儚《はかな》むように天井を見上げる。

まあ、がんばってはいるのだ。

しかもちゃんと恋奈の命令は守って。

そのあたりを律儀《りちぎ》にやってくれているのは、ちょっと嬉《うれ》しいことだった。

「ともあれお疲れ様。気に入ったバイトとかあった？」

「んなもんあるわけねーすよ……」

「そうかー」

どうやら一日だけじゃ足りないらしい。

「じゃあ、明日も……」

「これ以上、センパイにご迷惑《めいわく》かけられないっす！」

梓ちゃん、疲れたり元気になったり、忙しいな。

「ま、とりあえず、今日はお疲れ様。もうゆっくり休んでいいんじゃないかな」

「はぅー、こんなんがまだ続くんすね……」

「ご褒美《ほうび》にラーメンを奢ってあげるから、元気出して」

「カップラーメンならいらねーす」

もともと江乃死魔だったというわりに、梓ちゃんはそれほどカップラーメンが好きじゃないのかもしれない。

恋奈が聞いたら憤慨《ふんがい》しそうだけど、一般的にはジャンクフードだしね。

「大丈夫。ちゃんとテレビで紹介されたような美味《おい》しいお店だよ。カップラーメンじゃなくても、江乃死魔名物ずるずるタイムは大事にしないとね」

「マジっすか、センパイ⁉」

梓ちゃんはあっさり機嫌がよくなった。

クールビューティーな子だとばかり思っていたけど、こうして長く付き合ってみると、くるくると豊かに表情の変わる子だってのがよくわかる。

「ああ、マジだよマジ」

「やったー」

特にこんなふうに素直に喜んでくれると、こっちまで嬉しくなってしまう。

「センパイ、やっぱりあずのこと、けっこう好きっすよね」

「それはない」

「またまたぁ。そこは好きでいといてくださいよ～」

今日同じやり取りをしたはずだけど、梓ちゃんの反応は少し違っていた。

「自分はセンパイと一緒にいられて楽しかったっすよ」

「はは、ありがと」

以前は嫌いだって言ってたのにな。

本当に変われば変わるものだ。

「あはは。さー、ラーメンっすよ、ラーメン」

こうして笑っていると、普通にいい子なのにね。

「ん？」

ふと、妹を見つめる兄のような俺の視線が、梓ちゃんにからめとられた。

「そういえば……ご褒美、ラーメンだけなんすか？　自分……一日まじめにがんばってたっすよね？」

瞬間、俺の視界は天地が入れ替わっていた。

身体にやわらかい衝撃《しょうげき》が来て、やっと自分がソファの上に押し倒されたことに気づく。

「そのことを、ちょっと脚色して恋奈様に報告してもらえないっすかね？」

梓ちゃんは胸元《むなもと》のボタンをはずすと、四《よ》つん這《ば》いで俺の身体の上に乗ってきていた。

「自分、攻められるのは弱いっすけど、攻めるときはかなりのもんなんすよ……？」

艶《なま》めかしい唇を、濡《ぬ》れた舌がぺろりと舐《な》める。

「ドキドキしながらあんなとこに入ったのに、まさかマッサージだけで終わるなんて思わなかったすから……自分のテクは試せなかったっすけど……」

あんなところ、というのはホテルのことだろうか。

もちろん、ドキドキしなかったわけじゃない。

相手に限らず、ああいう場所は緊張《きんちよう》するものだ。

――ただ、まあ、初めて入ったわけじゃないってだけの話で。

「もし、センパイがあずの言うこと聞いてくれるなら、あず、今ここでセンパイにあずの大切なもの、あげてもいいかなって……」

「梓ちゃん」

「ちゃん付けなんていらないっす……梓って呼んでください。あずにゃんでもいいですけどね」

「梓」

「ふふっ。てーことは了解ってことで、いいんすよね？」

「梓」

「ふふ。なんすかセンパイ。呼び方、気にいったんすか？」

「梓」

「もう、なんすか、さっきから」

「恋奈、戻ってきてる」

「ふふふ……………………………………ふへ？」

「梓……テメェ」

ソファの向こうには、拳《こぶし》をぽきぽきと鳴らす恋奈がいた。

「人の男に手を出すたぁ、泥棒猫《どろぼうねこ》の性根は変わってねェみてぇだな……」

いつもの梓ちゃんなら戻ってくる気配に気づかないはずはないんだろうけど、今日ばかりは油断していたのかもしれない。

当然のように、梓ちゃんは超速で俺から離れた。

「ち、違っ！　違いますよ、恋奈様っ！　自分はその、ほら、センパイに誘惑《ゆうわく》されてですね……っ！」

「最初っから見てんだよ！」

「ひぃん！」

梓ちゃんは頭を抱えてしゃがみこむ。

「恋奈様っ、自分が恋奈様を裏切るなんてことするわけないじゃないっすか！　恋奈様のためなら火の中水の中の覚悟っすよ！」

「よし！　火と水だな！　どっちも味わわせてやるから覚悟しとけ！」

「そういう意味じゃないっすよー！」

屈《かが》んでいたのかと思ったら、梓ちゃんはすでにアジトの奥の壁《かべ》にまで移動していた。

ほんと、逃げ足だけは最速だ。

「ほんと懲《こ》りない子だなぁ」

江乃死魔の面々に追われる梓ちゃんを目で追い、俺も立ち上がって手近な壁際へ。

「なに他人事みたいに見てるんすか！」

と思ったら、耳元で声がした。

さすが最速。

いつの間に隣《となり》にいるとか。

「逃げないほうが罪《つみ》は軽いと思うよ、梓」

「なに気安く私の名前呼んでやがんですか！　うるせーっすよ！　いつかセンパイも恋奈様も私が落としてやるから、覚悟しておいてくださいっす！」

「また湘南制覇《しょうなんせいは》でも目指すつもり？」

「湘南制覇？　ハッ、んなもん、くだらねーっすね！」

梓ちゃんは堂々と、はっきりと、俺に告げる。

「私は、好きな人たちと、好きなこととして、楽しく生きたいんすよ！　そのためだったら、なんだってやってやるつもりっす！」

「……そりゃ大変だ」

「覚悟するのはセンパイと恋奈様っすから！　いつかここを、あずの望む江乃死魔にするためにふたりをゲットしてやるっす！」

所信表明というか、覚悟のほどを漏《も》らしてくれているというか。

梓ちゃんのでっかいおっぱいには、まだ野心みたいなものが詰まっていたらしい。

「……梓ちゃんって、江乃死魔、大好きだよね。それにけっこう働き者だし」

「はっ、そんなことあるわけないじゃないっすか！」

俺の言葉に驚《おどろ》いているようだけど、そこまでツッパるものがあるというのはすごいことだと思うし、それを実現しようとする心意気はたいしたものだと思う。

実際、よく働いてくれているのは、江乃死魔から梓ちゃんが抜けたときに恋奈も理解したみたいだし。

「大！　なにしてんだ、そいつ捕《つか》まえろ！」

「ヤバッ！」

梓ちゃんが俺の横から高速で走り去る。

「オラ、梓！　ちょっと止まれ！」

「止まったら、なにされるかわかったもんじゃないじゃないっすか！」

「ティアラ、リョウ！　梓を捕まえろ！」

向こうではいろいろ進行しているみたいだけど、まあ、時間の問題だろう。

梓ちゃんはこれからもしたたかに、あるときは貧乏くじを引きながら、江乃死魔で楽しく過ごしていくような気がする。

ただ、願わくば早く気づいてほしいと思う。

彼女の、好きな人たちと、好きなことして、楽しく生きたいっていう願いは、もうこの場所でとっくに叶《かな》ってるんじゃないかなってことに。

追伸

梓ちゃんは、遠洋漁業《ぎょぎょう》に出かけることになったそうです。

〈あずにゃんとアルバイト　おしまい〉

辻堂さんの純愛ロード

第4話

「一年の計は元旦にあり」

夏はヤンキーの季節！


それに異論を挟《はさ》む者はいないだろう。

あの、あまりにも熱かった湘南《しょうなん》の夏。

嵐《あらし》の吹き荒れた夏から半年。

湘南にも年の瀬が訪《おとず》れていた。


「ヒャッハー！」

だが湘南に不良の影《かげ》が途絶えることはない。

――ブオオオォンン！　ブオンブオンブオンブォォオン！

江《え》ノ島《しま》の臨海《りんかい》通り、国道一三四号線を、改造された単車が朝も早くから列をなして、爆音《ばくおん》を鳴らして走り去る。

「湘南なんざたいしたことねぇ！　三大天がナンボのもんじゃあぁぁぁ！」

「かかってこいや、オラアァァァァ！」

「このまま行くぞオオォォォォォォォ！」

「オォォォォォォォ！　三大天の頚《くび》は、俺たち亞乃魔炉狩守《アノマロカリス》が獲《と》ったらぁ！」

知っているだろうか。

年末年始もまた、ヤンキーの季節なのである。

☆　☆　☆

「明けましておめでとうございます」

挨拶《あいさつ》はとても大切だ。

特に新年最初の挨拶ともなれば、決しておろそかにはできないものだった。

一年の計は元旦《がんたん》にあり。

何事も最初に計画や準備をすることが大切だという意味であり、ひいては元旦の過ごしかたがその年の過ごしかたを決めてしまうから大切に過ごしなさい、ということでもある。

今年もご近所さんや友人たちと仲よくやっていきたいと思っている俺としては、この日の挨拶ばかりはしくじるわけにはいかなかった。

ちなみに姉ちゃんは大晦日《おおみそか》から酒浸《びた》りで眠りこけ、起きたと思ったら今度は城宮《しろみや》先生たちと女だけで飲みに出かけている。

そうやっている姉ちゃんを見ていると、今年もきっと酒に浸り、女同士で飲み明かす年になるのだろうなと、頭ではなく魂《たましい》で理解できた。

「ああ、明けましておめでとう。ひろ、委員長」

「明けましておめでとうございます」

ヴァンと委員長が律儀《りちぎ》に返事をしてくれる。

今年は元旦から初詣《はつもうで》。

一年の計を立てるには、とてもいい日だった。

「ところで、委員長は晴れ着じゃないんだね？」

家を離《はな》れ、道々を歩く中で、自分がダウンジャケットというラフな格好であるにもかかわらず、俺は委員長にそう尋《たず》ねていた。

この日の初詣は去年の冬休み前からの約束だったのだから、家が裕福な委員長なら晴れ着で来る可能性もあると思っていたのだけど。

「はい。人混みの中を行くわけですし、動きやすいほうがよいかと思いまして」

「なるほど。それもそうだね」

「いいんじゃないか。べつに年始だからと言って派手に着飾ることもないだろう。委員長は委員長のままが一番だ」

「ありがとうございます」

ぺこりと委員長は丁寧《ていねい》に頭を下げた。

ぐるぐる瓶底眼鏡《びんぞこめがね》がその拍子《ひょうし》に少しズレる。

整《ととの》った顔立ちが露《あら》わになるが、委員長は慌《あわ》てず騒《さわ》がず、眼鏡を戻した。

「一年の計は元旦にあり、か」

「ん？　どうした、ひろ？」

「いや、なんでも」

迷信めいた話だけど、委員長も今年はこのままな感じがする。

「それより参拝《さんぱい》はいつものところでいいんだよな？」

「うん。べつに遠出するつもりはないから」

いつものところ。

それだけで通じてしまう場所が、俺たちの目的地だ。

これから僕らが出かけるのは、江の島にある江島神社だった。

江《え》ノ島《しま》には三人の女神様がいる。

奥津宮《おくつみや》には多紀理比賣命《たぎりひめのみこと》、中津宮《なかつみや》には市寸島比賣命《いちきしまひめのみこと》、辺津宮《へつみや》には田寸津比賣命《たぎつひめのみこと》。

江島大神っていうのは、この三人姉妹の弁天様を指しているらしい。

今年くらいから、不良の中でも最悪最強とされる三人が三大天と呼ばれるようになったのも、こういう三人の弁天様の伝承がもとになったのかもしれない。

「そうだ、先に伝えておかないといけないことがあった」

ヴァンがふいに足を止めた。

「なに？」

「ああ。小耳にはさんだんだが、神社の周辺に不良《よからず》どもがたむろっている場所があるらしい。そこには近づくなとのことだ」

不良。

僕らの通う稲村《いなむら》学園は、湘南最凶校とも呼ばれている。

もともとヤンキーが集まりやすい湘南の気風に加え、その中でも凶暴《きょうぼう》なものたちが集まるのが、うちの学園だ。

それだけに、不良の存在は俺たちにはとても馴染《なじ》みが深い。

もちろん、俺たちは不良ってわけじゃない。

むしろ不良嫌いのヴァンがなぜ、稲村に入学したのか不思議でならないくらいだ。

「そうなんですか？　ちょっと怖いですね」

ゆえに普通人の感覚で俺たちは会話を続ける。

「ああ。本当に迷惑《めいわく》な話だ。参拝の客たちもそこを避《よ》けなくてはいけないらしく困っているそうだからな」

その普通人の中で、俺だけは不良との付き合いを少しだけ続けていた。

あの、あまりにも暑かった湘南の夏。

その時期に俺は——


不良たちと関わりすぎてしまったのだ。


『血まみれ』片瀬《かたせ》恋奈《れんな》。

『皆殺し』腰越《こしごえ》マキ。

そして『喧嘩《けんか》最強』辻堂《つじどう》愛《あい》。

噂《うわさ》の三大天全員と面識《めんしき》を持ってしまった。

だからだろうか。

こんなふうに人に迷惑をかける不良は、あの三人の関係者ではないような気がしてしまうのだ。

だったら、どこのチームの人だろう。

江ノ島は江乃死魔の拠点《きょてん》のある場所ではあるのだけど、片瀬さんがそんなやつらの存在を許しておくだろうか。

「どうした、ひろ」

「あ、うん。ごめん」

と、それで思った。

もしかしたら新年早々から、辻堂さんや江乃死魔の人たちとも遭遇《そうぐう》するかもしれないんだな、と。

☆　☆　☆

「そろそろ着くぞ。お賽銭《さいせん》の用意をしておこう」

そんなに歩くこともなく、俺たちは江島神社にやってきていた。

「悪い人たちに会わなくてよかったですね」

「不良どもはハレの舞台に出てくるはないということだ。人気のない場所に行かなければ、そうそう会うこともないさ」

そうかもしれない。

「愛さんっ、ささささ最高っすっ！」

「クミ、うっさい」

「だけど……だけど……うおおおおっ！　美の女神の降臨《こうりん》じゃあああああ！」


……そうでもないのかもしれない。


「あら？」

委員長の声に付き従うように、視線を動かす。

そこには予想どおり。

「お、おう。大《ひろし》と委員長か」

辻堂さんと葛西《かさい》さんがいた。

しかも、辻堂さんは晴れ着だった。

振袖《ふりそで》ってやつだ。

華《はな》やかな色合いの衣装がきれいな金髪《きんぱつ》と相まって、きらきらと輝《かがや》いて見える。

葛西さんの言うとおり、本当に女神みたいだった。

「ああ、よかった。ちゃんと着てくださったんですね」

委員長がホッとしたように、辻堂さんに近づいていく。

あんなに無防備に稲村の番長に近づいていけるのは、委員長くらいなものだろう。

彼女は辻堂さんの体の周りをくるくると観察《かんさつ》して回り、そして。

「はい。大丈夫ですね。よくお似合いですよ」

乱れていた部分をちょちょいと直すと、満足げに頷《うなず》いて見せた。

「べつにこんなん似合ってても似合わなくてもどっちでもいいよ。動きづらいし」

「いえっ！　愛さんはずっとこのままでいてください！　姐《あね》さんって感じですし！」

「極妻《ごくつま》のイメージかよ」

「いえいえ、とっても愛らしいですよ」

不良と委員長だというのに、そんなのは関係ないとばかりに女子たちはそろって辻堂さんの晴れ着姿を褒《ほ》めている。

こっちはといえば、なんとなく男子禁制な感じがして近寄りがたい。

とはいえ、実際、遠めに見ても辻堂さんはとてもきれいだった。

ふだんは制服か、私服でもジャンパーとジーンズといったラフな格好しか見せることのない辻堂さんだ。

ハレの日の衣装なんてめったに見ることがないので、ついつい注目してしまう。

なによりこんな格好じゃ喧嘩なんてできないだろうから、ある意味、晴れ着は彼女にとってちょうどいい拘束具《こうそくぐ》になっているのかもしれなかった。

だからなのか、ちょっとしおらしい雰囲気《ふんいき》もあって、ドキドキさせられてしまう。

せっかくだし、俺も声をかけてみようか。

そう小さく決意したときだった。


「ハッ、辻堂。自分だけ晴れ着で目立とうとか、考えがダセーんだよ！」

空を割るような大声が響《ひび》く。

まあ、それだけでなんとなく誰かは察《さっ》しがついた。

「はーっはっは！　辻堂愛っ！　年始から私たち江乃……」

「よう、ダイー。やっぱりおまえも来てたんだな」

……私がしゃべってんだろうがぁぁぁぁぁぁ！」

声が被《かぶ》る。

そして、俺にはそっちの声にも聞き覚えがあった。

「よっ。ダイも屋台目当てなん？」

片瀬さんの存在を無視するように、彼女の背中から顔を出したのは案《あん》の定《じょう》、マキさんだった。三大天のひとり。一匹狼《いっぴきおおかみ》。皆殺しのマキ。彼女の両手には、屋台で買ってきたのだろうジャンクフードがいっぱいに抱えられていた。

「いえ、俺たちは参拝です」

「ふーん。そういうのってよくわかんねぇな。ま、屋台が出てるし、私もこの雰囲気は好きだけどな」

しかしなにより注目するべきは——彼女もまた晴れ着だったということだった。

「それよりマキさん、どうしたんですか、その格好」

「ん？　これ？うん、なんかジジイが正月なんだから着てけって、くれた」

「くれたって……」

マキさんが寝泊まりしている小屋のお爺《じい》さんも、なんだかんだとマキさんがかわいいのかもしれない。晴れ着なんて、レンタルで借りたってけっこうな値段するみたいなのに。

「こらぁ！　なんで私を無視する！　言っとくけど、私も晴れ着なんだからな！」

マキさんを押しのけるように、片瀬さんが前に出てきた。

登場シーンのインパクトをマキさんに奪《うば》われてしまっただけに、今さら晴れ着自慢《じまん》されても哀《あわ》れさが際立つだけってあたり、じつに片瀬さんらしい。うん、かわいいんだけど。

それにしても、新年も早々から湘南三大天そろい踏《ぶ》みなうえに、全員が晴れ着とは。

一年の計が元旦にありというなら、なんだか今年はいいことがありそうな気がする。

「あ、そうだ、大。忘れてた」

その片瀬さんを横にどけるようにして、俺の前に辻堂さんが立つ。

「そういや、まだ新年の挨拶してなかったよな」

「あ、うん。そういえば」

まさか新年の挨拶まであるとは思わなかった。

そういえば昔から辻堂さんは、挨拶はちゃんと返してくれてたよな。

「ほら。こういうのってけじめだし。挨拶はちゃんとしとかないとって思って」

俺と辻堂さんは、ちょっとはにかみながら会話をする。

ただでさえ、学校以外でクラスメイトと会うのは少し気恥《きは》ずかしいのに、相手は辻堂さん。

その新しい一面をこんな形で見てしまうというのは、なんだか不思議な感じだった。

「えっと……じゃあ、言うぞ」

あけましておめでとう。

たったそれだけのことを言うだけなのに、辻堂さんはなんだか照《て》れくさそうにして視線をさまよわせる。なんだかちょっとかわいらしい。

「はい。どうぞ」

「なあ、ダイー。リンゴ飴《あめ》とイカ焼きとモロコシとフランクフルト買ってくれよ」

けれど辻堂さんの挨拶をちゃんと聞くまもなく、俺の横からはマキさんが声をかけてきてしまった。知り合いが多いから、なんだか忙しい。

「マキさん、俺からの施《ほどこ》しはイヤだって言ってたじゃない」

「そこはほら、おまえが買ったのを奪うからいいんだよ」

「マキさんはあいかわらずだなぁ」

「はっはっは」

「おい、腰越。大とは今アタシが話してただろ。横から割りこんでくるんじゃねぇよ」

「いいじゃん。今、話してんのは私なんだし」

辻堂さんが割って入るけど、マキさんは意に介さない。

彼女のペース崩《くず》せる人なんて、そうはいないってことなんだろうけど。

「まあまあ、ふたりとも」

辻堂さんとマキさんは、あいかわらず相性が悪いらしい。

出会うと、どうしても喧嘩になってしまうみたいだ。

このままじゃ、どちらかが爆発《ばくはつ》して……。

「コラアァァァ！　私のほうも見ろやぁあああああぁぁっ！」

爆発したのは、存在すらも無視されていた三人目だった。

「あっ。片瀬さん、あけましておめでとう」

「あ、うん。おめでとう」

「って、違あぁあぁぁぁうっっ！」

律儀に挨拶を返してくれるあたり、片瀬さんはいい人だと思った。

「辻堂、腰越！　なんでテメェらそろいもそろって私を無視すんだよ！」

「お？　なんだ、いたのか恋奈」

「今ごろ気づくなあぁあぁっっっ！」

片瀬さんはせっかくの晴れ着姿だっていうのに、袖や裾《すそ》を振り乱しながら叫んでいた。かわいいのにもったいない。

「わかった。おまえら私をナメてんだな。そうだな？」

「いんや。舐《な》めるならリンゴ飴のがいいぞ」

「アタシもべつにどうでもいい」

「だからその態度《たいど》がナメてるって言ってんだ！」

片瀬さんは三大天ふたりに大忙しだ。

そもそも、ふたりともマイペースだしなぁ。

「上等だ。私がひとりでこんなところに来てると思ってるなら、その勘違《かんちが》いを後悔させてやる。もしもしっ！　おまえら集合しろ！」

そういう意味では、片瀬さんはがんばっている。

自分の望む空気を作り出して、ペースを取り戻そうと努力しているのもわかるし。

「なんだ。けっきょく人頼みか」

「悪いか！　それが私の力だ！」

片瀬さんの能力は統率力《とうそつりょく》と組織力《そしきりょく》。

腕《うで》っ節《ぷし》じゃ、辻堂さんやマキさんには勝てないのはわかってる。

むしろこういうときに人を呼べるからこそ、片瀬さんは厄介《やっかい》なのだ。

「恋奈様、呼んだっすか？　自分、もうちょっと遊んでたいんですけど～」

「つってもよぉ、もうすっかり財布からっぽだっての」

「れんにゃ～、あと一回だけ射的してきていい～？」

そろそろと江乃死魔の人たちが集まってくる。

お正月だからだろうか。若干、いつもよりのんびりだった。

とはいえ、これだけ早く集合できるならたいしたものだろう。


「なあ、やめようぜ。せっかくの晴れ着に汚れがついちまうしさ」

人が集まってきたのを見て、辻堂さんが片瀬さんに言う。

もちろん怖がっているふうではない。そもそも集まってきた人が辻堂さんやマキさんのまともな喧嘩相手になるとは、まるで思えなかった。

「不良がンなモン気にすんなっ！」

「でもこれ借り物だし」

「あ、そうだ。ダイ、せっかくこんな服なんだしさ、お代官様ごっこしようぜ。帯でくるくるーってやるやつ」

「しませんて」

「させるか、バカが」

「ん？　なになに？　辻堂はダイとしねーの？　こんな格好してるのに？」

「バカ。するかっ」

「だーかーらー！　私を無視すんじゃねぇって言ってんだろ！」

女三人集まれば姦《かしま》しいというが、それは湘南最強の三大天であっても変わりがないらしい。

しかしまあ、レアといえば、なんてレアな光景なんだろうか。

晴れ着姿の三大天。

それこそ江島大神——三人の弁天が勢揃《せいぞろ》いしたかのようだ。


一年の計は元旦にあり。

今年もまた、湘南は三人の女神たち勢揃いで、にぎやかになりそうだった。

☆　☆　☆

「わかった、もう勝負だ」

大勢の人が集まってきて姦しくなったあたりで、なんだかんだと最後に場を仕切ったのはやっぱり片瀬さんだった。

「勝負ってなんだよ。新年早々騒《さわ》がしい」

「騒がしいのはアンタらだろうがっ！」

実際、辻堂さんの反論に正面からツッコミを入れておとなしくさせられるのは、片瀬さんくらいしかいないのもたしかだから、仕方ないのかもしれないけれど。

「こうなったらついでよ。ヤンキー大カルタで勝負しなさい」

「あ？　ヤンキー大《ひろし》カルタ？　なんだそれ？」

「文字でしか間違えないような誤読すんな！」

片瀬さんが怒鳴る。

ツッコミ役って大変なんだな。

「湘南と言えばヤンキー。その不良たちの集まる街《まち》をテーマにしたカルタを使ったゲーム大会が、今、この神社で準備されているのよ。本物じゃなくて、広告用に作られたでっかいレプリカがね」

「はあ？　なんでそんなゲームが都合よく開催《かいさい》されてんだよ」

「そんなの決まってるじゃない」

片瀬さんがビシッと指を向けたのは――一枚の看板《かんばん》だった。

◇大カルタ大会　出場者募集中◇
ゲームに参加しませんか？

畳《たたみ》くらいの大きさのカルタを使った、カルタ取りゲームの開催を予定しています。

優勝者には賞金五万円。

参加するだけでも今冬発売のヤンキーカルタがプレゼントされます。

どうぞふるってご参加ください。

片瀬玩具《がんぐ》ショップ

「ようするに、また実家の店の手伝いしてんのか」

「そうよ、悪い⁉　江乃死魔のメンバーを集めてサクラにしようと思っていたけど、こうなったらこれをアンタたちとの勝負の場として提案するわ！」

「ふぅん。なるほどね……」

賞金五万円というところに惹《ひ》かれたのか、辻堂さんは意外にも興味津々《きょうみしんしん》に看板を眺《なが》めていた。

「ま、いいんじゃね？」

「よっしゃあ！　辻堂軍団も全員参加じゃあー！」

辻堂さんが参戦表明したことで、葛西さんも乗り気になる。

江乃死魔の人たちはもともと参加予定だろうから、ずいぶんにぎやかなイベントになりそうだった。

「なんだか楽しそうだね」

「ヒロシ。なに他人事みたいな顔してんだよ」

「え、俺？」

葛西さんに袖を引っ張られる。

「こういうのは数いたほうが有利だろうが。べつに喧嘩じゃねーんだから、付き合え」

「えー……」

「コラ、クミ。大を困らせんな」

「だけど愛さん」

「いいんじゃありません、参加しても？」

と、口を挟んだのは委員長だった。

「おいおい、本気か？」

もちろんヴァンは反対みたいだけど。

「ええ。こういうイベントってなかなか参加できる機会はないですから」

「んー……」

まあ、それもそうだ。

それに、優勝賞金五万円もなんだかんだで魅力《みりょく》的だったりするし。

カルタはいらないけど。

「くだらん。僕は参加しないからな」

「うん……そうだね。じゃあ、委員長。俺と委員長だけで参加してみようか」

「はい♪」

そういうわけで、俺たちも参加表明をする。

「よし、だったら俺も出るぜ」「いや、俺が」「五万か……なに買うかな……」「フフフ。僕はこう見えて昔カルタ名人と呼ばれていてな」「どけい、もはやおまえたちの出る幕《まく》ではない」

すると俺たちみたいな普通の人も参加できる程度の大会だということがわかったのか、ほかの人たち（ヤンキーっぽい）も参加に関心を持ち始める。うまくすれば、賞金五万円を稼《かせ》げると思ったのだろう。楽して稼ごうと考えるのが、じつに不良っぽい。

片瀬さんはサクラを仕込んで会場を盛り上げようとしていたみたいだけど、その心配はなさそうだと思えた。

「え、なになに。賞金出んの？」

とはいえそれも——。

「あ、急にお腹《なか》が」「あ。俺もおまえの腹痛が感染したみたい」「五万か……真面目に働《はたら》いて稼ごうかな」「フフフ。カルタ名人も過去の栄光か……」「今日はこれくらいで勘弁《かんべん》してやるぜ……」

無関心っぽかったマキさんが、賞金という言葉につられて近づいてくるまでのことだったけれど。ヤンキーだけにマキさんの怖さは重々承知しているということか。

「五万かぁ……へへっ、新年からうまいもん食えそうだ」

しかも、マキさんは優勝する気満々だ。

うん。これは荒れるかもしれないな。

☆　☆　☆

「大カルタ取り大会、開始ですわっ！」

実行委員会の本部席に座っていたのは、片瀬さんの従姉妹《いとこ》の胡蝶《こちょう》さんだった。

二年二組の委員長で生徒会の副会長で風紀維持委員会の会長も兼任していてテニス部のエースという、辻堂さん曰《いわ》く、気合の入ったモブとのこと。

知ってのとおり、とても肩書きの多い人なわけだけど、そういう人でも正月は暇《ひま》なんだろうか。親戚《しんせき》だから手伝わされてるってことだとしても、片瀬（恋）さんの関わるイベントに、なんだかんだと参加させられてしまうあたり、今年の彼女も例年と同じ貧乏くじを引かされ続けることになりそうだ。

ともあれ。

「さーて、やるか」

「押忍《おす》！　俺たちは、愛さんにどこまでもついていきますぜ！」

「湘南最強はあたしらだシ！」

「っしゃー。やってやるっての！」

「ごっまんえんっ♪　ごっまんえんっ♪」

「がんばりましょうね、長谷くん」

参加者たちの顔ぶれを見ていると、みんなの今年も大差ないような気もする。

そんなわけで境内《けいだい》を見回すと、すっかりカルタ取りの準備は終わったようだった。

畳くらいの大きさの厚紙に、ひらがな一文字と一緒にヤンキーたちのイラストが描かれている。

俺たちは、本部席の片瀬（胡）さんが読んだものとペアになっているカルタを全力疾走《しっそう》して奪い合う、というわけだ。

「ではまず一枚目を読みますわね。触れた時点で入手となります。ほかの人を突き飛ばしたりしないよう気をつけてくださいな」

スピーカーから片瀬（胡）さんの注意事項が聞こえてくる。

なるほど。触《さわ》るだけでいいなら、勝負は視力と速さだけになる。

しかもスタート地点はどこでもいいみたいだから、運の要素も強い。

特に今日は辻堂さんやマキさんが晴れ着で動きにくそうだから、俺らにも勝ち目がありそうだ。

「辻堂……このカルタ取りで江乃死魔が最強だってことを教えてあげるわ」

それは、この大会にみんなを引きこんだ片瀬さんも理解しているらしい。

すでに勝ち誇《ほこ》った顔で辻堂さんと話している。

「こんなんで最強を名乗って恥ずかしくないなら、アタシはべつにいいけどさ」

「ふん、なんであれ勝負でアンタに勝ったって事実が大事なのよ。証人たちの大勢《おおぜい》いる場であれば、なおのこと。脚色《きやくしよく》、粉飾《ふんしよく》、虚実《きよじつ》とりまぜて、さんざん尾ヒレをつけまくって、アンタの名声を私の勢力《せいりよく》拡大の役に立ててやるわ」

「チッ、あいかわらずセコいことを堂々と言うやつだな」

「なんとでも言うがいいわ。勝負なんて勝てばよかろうなのよ」

「はいはい」

「おーい、早くやろーぜー」

そろそろマキさんが痺《しび》れを切らしてきている。

野生の獣《けもの》をこれ以上は待たせてはおけない。

そう思ったのか、片瀬（恋）さんは本部席の片瀬（胡）さんに目配せし――。

いよいよ勝負は始まった。

「読みますわ！」

会場に緊張《きんちょう》感が走る。

「さ！『三大天、狼、血まみれ、皆殺し』……よく意味がわかりませんわね？」

なるほど。湘南のヤンキーたちをテーマにしたカルタってのはこういうことか。

わかる人にはわかる内容だし、そういう雰囲気が好きならコレクターも喜ぶのかもしれない。

「おっと、それより」

とにかく「さ」だ。

足元を眺めて札をチェックしていく。

「あ～ろ」までで全五〇枚。

いくら札そのもの大きいからと言って――いや、札そのものが大きくて俯瞰《ふかん》できないからこそよけいに、その札の中から一枚を見つけ出すのはかなり大変そうだった。

さっきはスピードと視力と運が必要と考えたけれど、じつはかなり運の要素が強いんじゃないだろうか。

「さ、さ、さ……違う、これは『ち』か。『し』と『す』はあったのにな」

「長谷くん、見つかりました？」

声をかけてきたのは委員長だ。

彼女もぜんぜん見つけられていないらしい。

「いや、まだ。何枚かは場所をあらかじめ覚えておいたほうがよさそうだね」

「そうですね」


「あった！」


その大声に、俺と委員長は同時に声の主を探した。

葛西さんだった。

「うおお、もらったぁ！」

彼女の視線を見て、「さ」の札の位置を確認する。

でもさすがにここからじゃ、もう間に合わない。

けれど葛西さん自身も少し遠くて、「さ」の札のところに行くまでに、同時に走り出した人たちを振り払わなければいけないみたいだった。

……俺も札を見つけたときに、思わず声を出さないよう注意しよう。

「クミー、がんばれー」

辻堂さんはのんきに応援《おうえん》している。

やっぱ晴れ着じゃ走れないのかな。

「うおおおおおっ！　愛さんの……愛さんの応援があれば一〇〇万馬力っす！」

「久美子か……じゃあ、ブロックだ」

「りょーかいダシ」

ん？　たまたま風に声が乗ってきたのだろうか。

今のは片瀬（恋）さんとハナさんの声だったような？


「うおおおおお！　ど根性じゃ――――!!」

葛西さんが「さ」の札に向かってダイブする。

「おまえら、ブロックするシ！」

「押忍！　せりゃあっ！」

しかし。

「げふううううっ！」

葛西さんの体は「さ」の札に触《ふ》れる前に、併走《へいそう》していた一般参加者の人に体当りされて真横に吹っ飛んでいた。

いや、今の人、本当に一般参加者だったんだろうか。

明らかにハナさんの指示で動いていたようだけど。

「クミっ⁉」

辻堂さんが叫ぶ。

「だ……だいじょうぶ……す……」

葛西さんはギャラリーの中で目を回していた。


「き、危険行為は失格になります！　ご注意くださいですわっ！」

片瀬（胡）さんの悲鳴混じりの声がスピーカーから聞こえてくる。

なるほど。片瀬（恋）さんの作戦を片瀬（胡）さんは知らないってことらしい。

そりゃ、親戚に自分がヤンキーグループのヘッドだとは言えないもんな。

「危険行為がありましたので、「さ」は勝負無効ですわ！　札を回収いたします！」

さっきの結果は、葛西さんにぶつかっていった一般参加者（っぽい人）が失格となり、葛西さんも治療《ちりょう》のためリタイアということになってしまったようだ。

ひとり一殺。

そう考えるのだとしたら、数で圧倒している江乃死魔は強い。

もともとサクラを仕込む予定だったらしいことを考えると、参加者の中に何人の江乃死魔構成員が潜《ひそ》んでいることやら。

「では、気を取り直して二枚目にいきますわ！　皆さま、白熱するのはかまいませんけれど、怪我《けが》のないようにお願いしますわね！」

片瀬（胡）さんの声に、ふたたび皆の顔に緊張が浮かぶ。

「た！『タイフーン！　鎖《くさり》でつないだ決闘法《デスマッチ》』！　……そんなのありますの？」

「うらあぁぁあああぁぁあああっっっ!!　邪魔《じゃま》するやつは怪我するってのｵ!!」

もう見つけたのか？

境内を震《ふる》わせるような大声に、俺たちの足はすくんだ。

違う。

見つけたんじゃない。これは……威嚇《いかく》？

「へへっ。こういう手もあるっての！」

その隙《すき》をついて飛び出したのは、江乃死魔の一条《いちじょう》さんだった。

さっきの声もどうやら彼女のようだった。

札はまだ見つけていないみたいだけど、出遅れた分、皆不利だ。

なにより先ほどの強烈《きょうれつ》なチャージは、参加者の印象に残っている。

特にあの一九九センチの巨体を持つ一条さんにぶつかったらと思うと、迂闊《うかつ》に走り出せない。

「おっ。見つけたっての！」

そしてついに、一条さんは「た」の札を見つけたようだった。

悔《くや》しいけれど、どうやらこの札は一条さんのものになりそうだ。

「へぇ。あれが「た」なんだな？」

「あう、あれが……っていつの間にか『皆殺し』がいるっての⁉」

「やっ、お疲《つか》れさん」

いつの間に。

その場にいた人間全員が、その言葉を喉《のど》に引っ掛《か》けていた。

走って追いかけているのなら、まだわかる。

だが、彼女がいたのは——一条さんの肩の上だったのだ。

「人に走ってもらえば晴れ着でも関係ねーからな」

「お、降りろっての！」

「ヤナこった」

一条さんの大きな肩の上を、マキさんは器用に逃げ回る。

そのせいで、一条さんの足は完全にその場で止まってしまっていた。

「ちっ、梓っ！　あんた、ティアラの代わりに札取ってこい！」

「うえっ!?　自分っすか!?」

「そうよ。今から腰越の速度に追いつけるのはアンタくらいなものでしょーが。だいたい、なんでさっきからちょっとサボり気味なんだよ、おまえは！」

「べつにサボってるわけじゃねーっすよ。恋奈様の考えた、囲いこみとかひとり一殺の作戦があれば、自分が出る幕《まく》ねーんじゃないかってだけで」

「だから出番やるっていってんだろ！　早く走ってこい！」

「わかったっすよ。行きますよ。しゅたたたっす！」

片瀬（恋）さんたちは一条さんたちがマキさんを足止めしている間に、札の確保のため別の人を派遣《はけん》したようだった。

このいうあたり、チームは強い。

けれど、どれだけ人を集めようと、それを無視してしまう人種もいる。

それが。

「あ、ごめん。足がひっかかった」

「うっわ、あぶなっす！」

いつの間にか辻堂さんが、一条さんのところに向かった乾さんの進行方向にブロックに入っていたようだった。

ものすごく単純な、足をかける程度の妨害だ。

実際、その程度で乾さんを転ばせることはできなかったみたいだけど、足止めとしては大成功。辻堂さんが出てくると、さすがに乾《いぬい》さんもその先には進めないらしい。

マキさんへのフォロー？　そうは思ったが、ふだんの辻堂さんとマキさんの関係を思い出すと、それもないように思える。

「よし。今のうちに札もらってこよう」

案の定だった。辻堂さんは踵《きびす》を返し、「た」の札の元へと走り出す。

「うっわ。晴れ着って、ほんと走りづらい」

「あっ、コラ辻堂！　そいつは私が目をつけてたやつだろ！」

「それを言ったら、俺っちが一番だっての！」

辻堂さんを見つけたのか、マキさんと一条さんが彼女に怒りの声をぶつけていた。

けれど辻堂さんは止まらない。

「こんなもん早い者勝ちだろ！」

辻堂さんは言うなり、一条さんとマキさんの横をすり抜け、「た」の札を持ち上げる。

「よし、取った！」

が。

「おっと、手が滑《すべ》った」

ヒュ、ボグン！

辻堂さんの持ち上げた札は、次の瞬間《しゅんかん》、消滅《しょうめつ》していた。

文字どおり。跡形《あとかた》もなく粉砕《ふんさい》されて。

いや、待て。なんであの距離《きょり》から拳《こぶし》が届くんだ……？　拳圧《けんあつ》？

とにかくすごいものを見た気分だ。

「腰越……テメェ……」

「悪ぃ悪ぃ。足場が悪くてさ」

「だから、いつまで俺っちの上に乗ってるんだっての！」

「そ、そこの三人！　その場を動くんじゃありませんわよ！　審議《しんぎ》しますわ！」

審議している場合ではないような気はするけど、普通じゃない行為には本部席も大わらわのようだった。片瀬（胡）さん、大変だなぁ。

そんなことを考えていたら、待機中の辻堂さんのところに委員長が近づいていった。

「ん、委員長？　どうした？」

「どうしたじゃありませんよ、辻堂さん。あんまりバタバタ動くと晴れ着がはだけちゃうじゃないですか」

「んなこといっても、走らなきゃ間に合わなかっただろ？」

「それはそうですけど、もっとおしとやかにするとか」

「それは無茶だって。やっぱ着てこなかったほうがよかったんじゃねーの、これ？」

「でも長谷くんは喜んでくれたみたいですけど？」

「……いや、それはべつに……」

「まったくもう。素直じゃないんですから」

「う、うっせ」

……なにを話しているんだろうな？

「本部の見解を発表しますわ！」

スピーカーがふたたび音を鳴らすと、呼応するように参加者たちもざわめいた。

「人の上に乗っかっているショートヘアのあなた！　あなたは手を出したから失格！　ほかのかたは元の位置に戻っていただいてオッケーですわ！」

「えええっ！　人は殴《なぐ》ってないじゃん！」

指名されたのは、マキさんただひとりだった。

……そりゃまあ、札を破壊《はかい》するような人は、一般参加者の中に混ぜておけないよな。

「そもそも殴るという発想がアウトですわよ！」

「ちぇー」

意外にもあっさりとマキさんは納得《なっとく》し、一条さんから降りた。

「ざまぁ」

「うるせ」

辻堂さんがマキさんを罵《ののし》るけど、それもあまり気にしていないようだ。

「しゃーねー。五万円分、ダイにたかろう」

「ええええっっ!?」

ひどい予定を立てられてしまっていた。

優勝してもプラスマイナス0。優勝しなきゃ赤字確定だ。

「さーて。そんじゃもっかい屋台でも荒らしてくるか。またあとで合流な、ダイ」

「えっ、ちょっ、待って、マキさん!?」

晴れ着なのも気にせず、マキさんはぴょーい、と神社の建物の屋根までジャンプして姿を消してしまっていた。

……どうしたら。

と思っていたら、またスピーカーが音を鳴らす。

本部の決定は、マキさんの失格だけではなかったらしい。

「それと！ ここからは他人に手を触れてもアウトとしますので、ご注意を！ 触れた人と審判のふたりの申告が一致した場合、即失格にいたしますわ！」

人に触れただけでアウトとか。

「ものすごく難易度が上がった気がする……」

故意か事故かもわかりづらいし、審判が片瀬グループの人ということを考えると、冤罪《えんざい》も蔓《まん》延《えん》するような気がするし。

「安心なさい」

そんなことをつぶやいていたら、なぜか俺の隣《となり》には片瀬（恋）さんが立っていた。

「……なんですか？」

「辻堂を失格なんかで追い出したりしないわ。あいつは生かしたまま、敗北を味わわせてやるのよ」

「なるほど。……でもなんでそれを俺に言うの？」

「……あ、あんたがたまたま近くにいたからよ！」

なんだ。誰でもよかったのか。

「じゃあ、辻堂さんには伝えておくよ」

「え、ええ。そうなさい。アンタはメッセンジャーよ」

大層《たいそう》な役を振られてしまったな。

「それでは三枚目。三枚目に行きますわよ！」

すでにトラブル続出だというのに、ゲームは続けられるらしい。

逃げ出す人たちもほとんどいないし……お金って怖い。

「や！　『ヤンキーの意地の張り合い鬼《おに》メンチ』！　野蛮《やばん》ですわね！」

「あア!?　どけっつってんだろ！」

「テメェこそ、どけやぁ！」

意図《いと》したものでもないのだろうけど、たがいに手が出せないせいか、札の周囲では実際にメンチ合戦が始まっているようだった。

じつにヤンキーらしい行動だ。

あれをされると、一般人は近寄りがたい。

「その隙にいただくシ」

「あっ、ごめんなさい。もう触っちゃいました」

「ナイス、委員長」

けれどこうなると漁夫《ぎょふ》の利《り》も有効な手段になってくるわけで、もともと混戦だった戦いが大混戦になるのは必至のようだった。

それに運の要素はあいかわらず強いわけで、偶然自分のそばにあった札を読まれた人は着実にポイントを稼いでいるようだ。

「あ！『雨の日に捨て猫拾うフラグたて』！」

「べつにフラグじゃねぇよ！」

辻堂さん、1ポイントゲット。

「か！　『怪物の自慢のタックル受けてみろ！』」

「怪物ってなぁ……俺っちこう見えても心は乙女なんだぜ？」

一条さん、１ポイントゲット。

「め！　『メガネを取ったら美少女！　とかあるわけねェだろ』！」

「あっ、はい。でもこれ、ヤンキー関係ないですね」

委員長、２ポイント目ゲット。

「こ！　『抗争後、こっそり財布取ってます』」

「へぇ、悪いことするやつもいるもんっすね～。ちっ……誰か見てたんすかね？」

乾さん、１ポイントゲット。

「は！　『ハナさんはかわいいからいいんだよ弱くても』！」

「完全に名指しなうえ、なんかムカつくシ！」

ハナさん、1ポイントゲット。

「え！『江ノ島に来たら食べたいしらす丼』」


ただの江ノ島の宣伝だこれ。

というわけで、俺も1ポイントゲット。

「どうしたんだ恋奈。まだ0ポイントじゃん」

「うるせぇ。チーム合計なら三ポイントだろうが」

うん。片瀬（恋）さんって運なさそうだしな。

「くっそ……次こそは……」

辻堂さんに言われて、イライラしてるみたいだけど、はたして……。

「ね！『ネタで食べよう、しらすソフト』」

「ね、ね……」

札が読まれて、俺たちは周囲を見回す。

あっ……あの札。

どうやら、見つけたのは俺が一番最初みたいだった。

けれど、その場所はなんと片瀬さんのすぐ足もと。

気づかれたら一発で取られてしまう。

「そ、そーっと行くか……」

片瀬さんの横まで行って足でタッチすれば、それでゲットだ。

「あった！」

と、叫んだのは、なんと辻堂さんだった。

すぐさま「しまった」って顔をしてるけど、視線は完全に片瀬さんに気づかれてしまっている。

「ど、どこだっ！」

片瀬さんがきょろきょろし始める。

まずい。このままじゃ取られてしまう。

「ええい、まだヘッドスライディングすれば……！」

考えるより早く、俺は片瀬さんに向かって飛んでいた。

「大！　それはアタシがもらうぜっ！」

「ええっ!?」

その真横を、辻堂さんも飛んでいた。

「ちょ、おまえらっ！　なんで私に突っこんでくるんだよっ！」

片瀬さんが悲鳴を上げて、転倒する。

「あ、ごめん」

「謝《あやま》るくらいなら最初からすんなっ！」

俺と辻堂さんは、どうやら札より前に片瀬さんを押し倒してしまったようだった。

「痛ったぁ……！」

片瀬さんの声が聞こえる。

どうやら怪我はない。片瀬さんの身体《からだ》がうまくクッションになってくれたようだ。

けれど——目を開けても、なぜか目の前は真っ暗だった。

衝撃《しょうげき》で視覚を失った？

いや、違う。目を凝《こ》らせば、うっすらと……闇《やみ》の中に、白いものが……。

「……ひゃあっ!?　どこに頭突っこんでんだ、テメェっ！」

片瀬さんの悲鳴は、布一枚隔《へだ》てたような、くぐもった音で聞こえた。

「おいコラ、恋奈っ……おまえ、どこ触って……」

辻堂さんの声も聞こえる。

「はあ？　私はおまえの体になんか触ってねーよ！　それより辻堂っ、こいつなんとかしろぉっ！」

そうだ。触れば失格のルールだっけ。

手さえ触れていなければいいんだから、触っていないことを主張するのは大切だ。

そういうわけで俺も闇の中で、自分の手のありかを確認する。

「やんっ」

とてもやわらかな感触を手のひらに感じると同時に、辻堂さんのかわいい声が聞こえた。

「……ええと」

さしあたり、自分の体勢《たいせい》を理解することにする。

「………………」

新年早々、俺は死んだかもしれない。

「はふはふ。くんかくんか」

「てっ、てててめっ！　なに匂い嗅《か》ごうとしてんだコラアアアアッッッ!!」

手もニギニギと動かして。

「ひゃああっ!?　お、おいっ！　こ、これって大の手かっ!?　ばか、やめろっ！　なに考えてんだ、こんなところでっ⁉」

「どうせ死ぬなら、未練を残さずに、やりたいことやって死にたい！」

ある意味、潔《いさぎよ》い覚悟であったと、俺は今の自分を天国で褒めてやりたいと思った。


「「おまえは地獄《じごく》行きだあああぁぁぁぁっっっっっっっっっ‼」」

☆　☆　☆

「まだ負けたわけじゃねーんだからなっ！　すぐほかの勝負、用意するから待ってろ！」

「はっ、テメェらがどんな勝負を挑《いど》んだって愛さんが負けるはずねーぜ！」

結果は片瀬さんたちがリタイアして、うやむやのまま終わった。

とはいえ、カルタ大会が終わっても、彼女たちの勝負はまだ続いているようだ。

一年の計は元旦にあり。

今年も辻堂さんたちと江乃死魔の人たちは、仲よく喧嘩してそうな気がする。

喧嘩じゃなく、こういう勝負なら、俺も微笑《ほほえ》ましく見守っていられるんだけど。

「長谷くん、大丈夫ですか？」

委員長が濡《ぬ》らしてきてくれたタオルを、俺の額《ひたい》に当ててくれる。

ひんやりとして、じつに気持ちよかった。

「ありがとう、委員長」

「いえ。これくらい、べつにいいですけど……」

委員長はなにか言いたげだった。

「すみません。反省《はんせい》しています」

さすがに、公衆の面前で片瀬さんの股間《こかん》に頭を突っこみながら、辻堂さんの胸《むね》を揉《も》みしだいていたことは言い訳のしようもない。

新年から、長谷さんところのお坊ちゃんがやんちゃしたようですよ、と、ご町内で噂されてしまいそうだ。トホホ。

「ええ。でもその謝罪《しゃざい》は辻堂さんたちにしないといけませんね」

「ですね。今から謝ってきます」

タオルを委員長に返し、辻堂さんたちの姿を探す。

「おい。なに私のイカ焼き買い占めようとしてんだ、コラ」

「ぐっはああっ！」

けれど、まず最初に見つかったのは、辻堂さんでも片瀬さんでもなく、マキさんの不機嫌な声と男の悲鳴だった。

マキさんの足元に倒れていたのは、見知らぬ不良だ。

「なんだ、あれ。恋奈のところの雑魚《ざこ》が腰越に喧嘩売ったのか？」

「は？　うちの舎弟《しゃてい》がそんなことするわけないでしょ。私の作戦なしで『皆殺し』に手を出すなんてバカはうちにはいないわ」

辻堂さんと片瀬さんは、すぐ近くにいたようだった。

散々喧嘩ばかりしているというのに、まるで友達のように隣り合ってマキさんの様子を眺めているようだ。

「じゃあ、あれは？」

「よそ者でしょ。江ノ島って観光地だから、盆《ぼん》と正月は遠出してくる連中も多いのよね」

ひらひらと手を振って、片瀬さんはマキさんたちから視線を外した。

なんだか慣《な》れた様子だ。

「ふぅん。ま、どこの誰だか知らねーけど、運が悪かったな」

「ええ、放っておきましょ。無知は罪《つみ》。『皆殺し』に喧嘩を売るほうが悪いのよ」

この件については、辻堂さんも片瀬さんも同意見らしい。

「恋奈様。じつはそういうわけにもいかないみたいなんだっての」

けれど、やはり事はそう簡単ではなかったらしい。

「なによ、ティアラ。なにか問題でもあったの？」

「ああ。今、リョウが教えてくれたんだけどな」

一条さんの隣には、さっきまでいなかったリョウさんが控《ひか》えていた。

この人、いつもセーラー服にマスクして木刀持ってるけど、正月くらい違う格好したらいいのに。

おっと。そんなことより。

「あの特攻服は西日本の走り屋集団亞乃魔炉狩守《アノマロカリス》だ。最近、県外にも打って出て、シマ荒らしをしていると聞く。けっこうな規模で遠征《えんせい》に来たようだ」

「うん。今もカツアゲとかしてて噂になってるシ」

「みたいっすね。地方から湘南制覇《せいは》とか、ごくろーさまって感じっす」

なるほど。

片瀬さんへの報告だったけど、その情報は俺の耳にもしっかり入ってきてしまった。

もちろん辻堂さんにも、だ。

当然それを理解しているのだろう片瀬さんは、あえて辻堂さんたちに聞かせるように返答している。

「ふぅん、そういうこと。私のシマでカツアゲなんていい度胸してるじゃない」

「なに、おまえ喧嘩しに行くの？」

辻堂さんが興味もなさそうに、片瀬さんに尋ねる。

「あたりまえでしょ。いずれ湘南の覇権《はけん》を獲る私が、雑魚に自分の庭を荒らされて無視できるはずないでしょうが」

「ま、そうだよな。ナメられてるってことだもんな」

一般人には理解できなくても、同じヤンキーである辻堂さんには共感できる内容だったらしい。

「江乃死魔、行くぞっ！」

「オオオォオオォオォオォオッツ！」

もともと、一般参拝客の中にも構成員が混じっていたのだろう。

片瀬さんの号令で、境内のあちこちから雄叫《おたけ》びがあがる。

それはまるで、夢でも見ているような非現実的な光景だった。

「んじゃ、アタシも行くか……」

「え、辻堂さんも？」

驚《おどろ》いて声をかけると、辻堂さんは俺にも律儀に返答してくれた。

普通に返答してくれているところを見ると、さっきのゲームでのトラブルは、もう水に流してくれたらしい。

「ああ、恋奈が負けることはないと思うけど、よそ様によけいなこと言いふらしそうであとが面倒くさそうだし。ほら、クミ行くぞ」

「はいっ！　辻堂軍団、どこまでも愛さんにお供しますっ！」

「ウオオオォオオォオォオォオッッ！」

葛西さんが号令をかけると、やはり男たちの野太い声が境内に響き渡った。

「まっ、私は私で勝手にこいつらツブさせてもらうけどな」

そして最後に、マキさんがその場で宣言する。

「マキさんまで!?」

「ああ。もともと私の喧嘩だし、辻堂と恋奈もまとめてぶっ飛ばせそうだし」

「だけどなにも、こんなお正月早々から……」

そう思う。

一年の計は元旦にあり。

今日、喧嘩を我慢《がまん》できれば、今年一年、喧嘩を避けて生きるような道も模索《もさく》できるのかもしれないのに。

「ひろ、わかっただろう。俺たちと不良では住む世界が違う。これ以上は関わらないほうがいい」

無意識《むいしき》に、彼女たちのあとを追おうとしていたのだろうか。

なかば歩き出していた俺を、いつの間にそこにいたのか、ヴァンが肩をつかんで止めた。

「ヴァン……」

「そうだぜ、ダイ」

ひゅ、と身体を翻《ひるがえ》し、マキさんは一回転して石畳《いしだたみ》の上に華麗《かれい》に着地する。

「ああ」

「そういうことね」、

辻堂さんと片瀬さんも俺を見つめ——言う。

覚悟の足りない俺を、諭《さと》すように。

「ここから先は、アタシたちの戦場だ。一般人《パンピー》の遊びは終わったんだよ、大」

☆　☆　☆

辻堂さんたちが行ってしまうと、境内は急に静かになったような気がした。

「さあ、ひろ。巻きこまれてもおもしろくない。さっさと帰ることにしよう」

ヴァンはそう言って、俺を気遣《きづか》ってくれる。

俺、そんなにしょぼくれた顔をしていたんだろうか。

「でも辻堂さんたち、晴れ着のままでしたけど、あんなので喧嘩できるんでしょうか」

ふと委員長が口にした言葉。

その言葉を聞いて、俺はハッと顔をあげる。

そうだ。晴れ着。

「そうか。あれ、動きにくいって言ってたし」

それで辻堂さんが負けるなんてことはないかもしれないけど、怪我をする可能性はあるのかもしれない」

さすが委員長。

女の子だけあって、俺たちとは見ている部分が違うということなんだろう。

「ひろ、どうした。行くぞ」

「ヴァン、ごめん、先に帰ってて！」

そう聞いたらいてもたってもいられなくなって、俺は走り出していた。

「おい、ひろ！」

わかっている。

晴れ着での喧嘩は動きにくいだろうから怪我が心配、なんて、俺が辻堂さんたちのところに駆《か》けつけるための言い訳に過ぎない。

本当なら、もっと気持ちだけで、俺は彼女たちの元へと駆け出すべきだったのだ。

「坂東《ばんどう》くん、ごめんなさい。私も」

「おい、委員長まで！　ったく！」

一年の計は元旦にあり。

僕のお節介《せっかい》は、どうやら今年も続くらしい。

☆　☆　☆

「あ……」

亜乃魔炉狩守《アノマロカリス》がたむろっているという駐車場にやってきて最初に見えたのは、死屍累々《ししるいるい》の中に立つ辻堂さんの背中だった。

その姿は、晴れ着姿だというのに凛々《りり》しく、雄々しい。

すでに戦いは終わっているようだ。

江乃死魔の人たちも辻堂軍団も、もうとっくに掃討戦《そうとうせん》に入っている。

湘南のヤンキーの強さ。

この町に住んでいるから実感できないけど、そのレベルは外から見るとかなり高いってことらしい。

だったら、その頂点に立つ三大天の強さは、晴れ着なんかに左右されるようなものではないということなんだろう。

さっきまであんなにもゲームで楽しく遊んでいたというのに、駐車場という境を越えたとたん、まるで手の届かない人たちになってしまったかのような印象を受けてしまう。

「あ……辻堂さん」

振り袖はすっかり返り血で汚れてしまっていた。

血染めの晴れ着。

それは、さっきまで見ていたさわやかな対決を忘れさせるくらい凄惨《せいさん》な光景に見えた。

「……おう。大か」

血にまみれた拳を見つめていた辻堂さんは、俺たちに気づいて振り返る。

それからふと顔に笑みを浮かべると、さらに凄惨に、みずからを怖いものだと教えるように俺たちに笑って見せた。

「わかったろ。これがアタシたちの世界だ。ずっと仲良しごっこしてるわけじゃない」

「で、でも……辻堂さん」

辻堂さんの足元には死屍累々。

彼女に直接殴られた人たちが、うめき声も出せないくらい、苦しんでいた。

潮風《しおかぜ》に乗って運ばれてくる血臭に、胃の中のものが逆流しそうだ。

「わかったら、さっさと帰れ」

辻堂さんは有無を言わせずに、俺たちに告げた。

湘南最強。

その肩書と目の前で繰り広げられている非現実な光景が、俺を彼女の言葉どおりにさせようとする。

けれど。

けれど。

俺は……そんな言葉や見えているものだけで、辻堂さんを評価したくはなかった。

怖い辻堂さん。

恥ずかしがる辻堂さん。

楽しそうな辻堂さん。

笑う辻堂さん。

困った顔の辻堂さん。

俺に恋をしてくれた、辻堂さん。

P
25分

もう俺は、彼女のいろんな顔を見てしまったから。

「どうした、早く行かねぇと……」

「行かないよ」

だから俺は、辻堂さんの言葉を聞いても、首を横に振る。

「俺たちのと世界は違うかもしれないけれど、クラスメイトが困っているなら、助けたいとは思うよ」

「……大。おまえはいいやつだ。だからこそ、アタシたちとは少し距離《きょり》を置け。あんまりこっちに染まるな」

「でも、辻堂さ……」

「じゃあな」

辻堂さんが、ふたたび血に染まった戦場に目を戻す。

俺の気持ちは届いていない。

辻堂さんは自分の手で、不良とそれ以外の世界を分けようとしている。

――それは嫌だった。

「委員長」

「は、はいっ！」

俺に急に呼びかけられて驚いたのか、委員長は大声で返事をした。

「血をきれいに落とす方法ってあるかな？　できれば生地《きじ》が色落ちしない方法で」

「えっ？」

よっぽど意外な提案だったらしい。

委員長がメガネの下で目を丸くしている。

「辻堂さん。その晴れ着の血、俺たちで落とすよ」

「はぁ？」

さすがに意外すぎる提案だったのだろう。辻堂さんがこっちを向く。

よし、まずは成功だ。

「……いいよ。あとで水で洗うから。水でダメならお湯とか」

「そ、それはいけません！」

なにかのスイッチでも入ったのか、委員長が大声で反対する。

「血を落とすのに、お湯は厳禁《げんきん》です。血はたんぱく質を含んでいるので、固まってしまいますから」

「そ、そうなのか。じゃあ、どうすればいいんだ？」

「水で濡らして石鹸《せっけん》でこするか、酸素《さんそ》入り洗剤をつけた歯ブラシで叩きます。オキシドールで取れますし。あっ、時間が経《た》ったら、大根おろしをガーゼに包んで叩くといいですよ。大根に含まれているジアスターゼという酵素が血を落としてくれますから」

「お婆《ばあ》ちゃんの知恵袋《ちえぶくろ》だな……」

「誰がお婆ちゃんですか。ともあれ辻堂さん、血を落とすのは私に任せてもらえませんか？」

そう言うと委員長は、今日初めて境内で辻堂さんを見かけたときのように、遠慮《えんりょ》なく彼女に近づいていった。

今度は——俺も続く。

「……あんがと」

辻堂さんはそれだけ言って、少しだけ頬《ほお》を染めた。

「委員長と大は……まだアタシをクラスメイトと思ってくれているんだな」

「あたりまえです」

「ああ、あたりまえだよ。だからもっと俺たち——クラスのみんなのことも頼ってくれると嬉《うれ》しいな」

「……うん。ありがとうな、大、委員長」

辻堂さんは、遠慮がちに委員長に袖を出す。

「はい。お任《まか》せください」

委員長に素直に血を落としてもらっている辻堂さん。

おとなしくしていると、普通の人に——いや、普通以上にきれいな人ではあるのだけど——見える。

「あ、そうだ」

辻堂さんが急に俺のほうを向いた。

「……うん？」

ちょっと照れくさそうにして、それから、まっすぐに俺を見つめる。

「まだ言ってなかったから」

「えっと、なにを？」

見つめられて照れてしまっている俺の動揺《どうよう》なんて、気にしていない。

自分がやりたいからそうするのだと言わんばかりの意志の強さを瞳に宿《やど》して、辻堂さんははっきりと俺に言った。

「あけましておめでとう。だったら、今年もよろしく……していいんだよな？」

一年の計は元旦にあり。

俺たちはつまり、今年もこうやって彼女たちの喧嘩を横目に見ながら、辻堂さんとの友情を
――あるいは愛情を深めていくということなのだろう。

彼女の名は、辻堂愛。

『湘南最凶校』こと稲村学園の番長。

湘南三大天のひとりであり、喧嘩だけなら湘南の何者もかなわないとまで言われる不倒不敗の喧嘩狼。

そんな彼女と俺の日々。

純愛ロードは、まだ始まったばかりなのだから。

〈一年の計は元旦にあり　おしまい〉

あとがき

愛《あい》さん！　愛さん！　愛さん！　愛さんうわあああああぁぁあぁぁああ愛さん愛さん愛さんうぅうわああああああクンカクンカクンカクンカ！　スーハースーハーいい匂いだなぁくんくんはぁっ、辻堂《つじどう》愛さんのブロンドの髪《かみ》をクンカクンカしたいお！　クンカクンカ！　ああぁ間違えたモフモフしたいお！　モフモフモフモフモフ、カリカリモフモフきゅんきゅんきゅい！

（何事もなかったように）

はじめまして。本書を執筆《しっぴつ》させていただきました御門智《みかどさとし》と申します。

このたびは本書『辻堂さんの純愛ロード』を購読《こうどく》いただきありがとうございました。

本書は、みなとカーニバルさんから発売されましたPCゲーム『辻堂さんの純愛ロード』（以下、原作と表記）を題材としたオリジナル短編小説集となります。

もし原作未プレイという十八歳以上の方がいらっしゃいましたら、ぜひ原作に触《ふ》れて、その独特の世界観を楽しんでいただければ幸いです。なにしろ本書にはネタバレ要素も多く含まれておりますので。

さて。

思えばヤンキーものというジャンルは、小説、漫画《まんが》、ドラマ、映画、音楽など、さまざまなエンターテイメントで題材にされてきた歴史があったかと思われます。

本書に触れた方にも、代表的なヤンキーものをあげてみろと言われれば、いくつかタイトルが出てくるのではないでしょうか。

しかしだからとって、そのヤンキーものが美少女ゲーム業界にまでやってくるとは、さすがに驚《おどろ》きでした。しかも本道で勝負とは！

大丈夫なの？ ヤンキー娘ってユーザーに受け入れられるの？

そんな気分で原作をプレイさせていただいておりましたが、どうやら余計な心配だったようです。出てくるキャラ皆《みんな》、愛らしい。

本書では、そんな辻堂さん含めて楽しいキャラクターたちを、原作の続きというスタンスで独立した四作の短編として用意してみました。

一話からそれぞれ、辻堂さんエンド後、お姉ちゃんエンド後、恋奈《れんな》様エンド後、共通パート終了後に誰のルートにも入らないまま月日が流れて年末という形で執筆しています。一話ごとに主人公である大が付き合っているヒロインが違うので、独立した話としてお楽しみください。

では最後に、謝辞《しやじ》を。

監修《かんしゅう》いただきましたみなとカーニバル様、大変すばらしい挿絵《さしえ》を描いていただきましたカグユヅ様、一迅社《いちじんしゃ》の担当様、本書のクオリティアップに協力してくださった株式会社エクスのライター陣と弊社《へいしゃ》サバゲー部の皆にも感謝を。

なにより最後まで読んでいただきました読者様にも改《あらた》めて御礼申し上げます。

またお会いできる日を楽しみにしております。では。

御門智

辻堂《つじどう》さんの純愛《じゅんあい》ロード

原作／みなとカーニバル

御門《みかど》 智《さとし》

発　行　二〇一三年二月一日　初版発行

発行人　杉野 庸介

発行所　株式会社 一迅社
〒一六〇－〇〇二二
東京都新宿区新宿二－五－十　成信ビル八階
電話　〇三－五三一二－七四三二（編集部）
〇三－五三一二－六一五〇（販売部）

装丁　渡辺宏一（有限会社ニイナナニイゴオ）

印刷・製本　大日本印刷株式会社

一迅社文庫

Printed in Japan　ISBN978-4-7580-4396-0 C0193

作品に対するご意見、ご感想をお寄せください。

〒160-0022 東京都新宿区新宿2-5-10 成信ビル8階　株式会社 一迅社 ノベル編集部
御門《みかど》 智《さとし》先生 係／カグユヅ先生 係

一迅社文庫

New Generation Award 2013

新世代を担う皆様からの熱意溢れる原稿をお待ちしております。

金賞 賞金100万円 ＋一迅社文庫から受賞作刊行

銀賞 賞金20万円 ＋一迅社文庫から受賞作刊行

銅賞（奨励賞） 賞金5万円

審査員 ・七月隆文先生 ・箕崎准先生 ・一迅社文庫編集部

応募資格 年齢・性別・プロアマ不問。※ただし作品は未発表に限ります。

原稿枚数 A4タテ組の42文字×34行の書式で
70P（中編）～140P（長編）以内の作品
※「.txt ファイル」形式にてご応募下さい。

締め切り
2013年8月31日
（当日消印有効）

選考スケジュール
2013年8月末募集締め切り
⇒2014年2月末受賞者発表

原稿送付先 〒160-0022
東京都新宿区新宿 2-5-10 成信ビル 8F **株式会社一迅社 ノベル編集部**
『一迅社 New Generation Award 2013』係

出版について 金賞作品ならびに銀賞受賞作は一迅社より刊行致します。
出版権などは一迅社に帰属し、出版に際しては当社規定の印税、
または原稿使用料をお支払い致します。

応募に際して
○テキストデータ、連絡先、あらすじの3点を CD-R、DVD-R に記録したものでご応募ください。
○応募原稿は返却致しません。必ずご自身でバックアップ、コピーをご用意ください。
○氏名（本名）、筆名（ペンネーム）、年齢、職業、住所、連絡先の電話番号、
メールアドレスを書き添えた連絡先の別紙を必ず添付してください。
○応募作品の概要を８００文字程度にまとめた「あらすじ」も別途添付してください。
なお「あらすじ」は読者の興味を惹くための予告ではなく、 作品全体の仕掛けや
ネタ割れを含めたものを指します。
○他社との二重応募は不可とします。
○選考に関するお問い合わせ・ご質問には一切応じかねます。
○ご応募の際に頂いた名前や住所などの個人情報は、この募集に関する用途以外では使用致しません。